Les Caméléons

Thibaut Martinez-Delcayrou

Les Caméléons

Enquête sur l'arnaque aux faux conseillers bancaires

Flammarion

978-2-0804-6951-9

Avant-propos

Plus d'un million de victimes françaises.

Plus d'un milliard d'euros volés aux particuliers.

Des familles détruites et des escrocs qui prospèrent.

Les faux conseillers bancaires sont considérés depuis 2024 par le parquet comme l'ennemi numéro 1.

En France, jamais une fraude n'a fait autant de dégâts sur des civils.

Entre décembre 2023 et mars 2025, au plus fort de l'arnaque, j'ai passé plus d'un an à enquêter en interrogeant la police judiciaire, des juges d'instruction, des avocats, des arnaqueurs, des victimes, des politiques, des banques et des opérateurs pour tenter de répondre à cette question : qui protège les escrocs ?

Plusieurs affaires évoquées dans ce livre sont toujours au stade de l'enquête.

Je remercie ici toutes celles et tous ceux qui ont pris des risques pour mettre en lumière ce système au service de l'hyperpuissance des escrocs sur notre territoire.

Glossaire

Vocabulaire de l'arnaque

Adresse IP : identifiant unique attribué à chaque appareil connecté à un réseau informatique, permettant de localiser et de communiquer avec lui sur Internet.

Allôteur : arnaqueur qui se fait passer pour un conseiller bancaire.

Application OnOff : application permettant aux escrocs de masquer ou d'usurper des numéros de téléphone.

Comptes rebonds : série de comptes bancaires utilisés pour transférer rapidement l'argent volé, dans le but de dissimuler l'origine des fonds et de faciliter le blanchiment.

Daber : verbe d'argot employé par les escrocs signifiant « retirer de l'argent au distributeur ».

Deepfake **:** technique de manipulation numérique qui utilise l'intelligence artificielle pour créer des vidéos, des images ou des audios hyperréalistes, permettant d'usurper l'identité de quelqu'un ou de lui faire dire des phrases qu'il n'a jamais dites.

IMSI-catcher : outil utilisé par la police judiciaire se faisant passer pour une antenne-relais, capable d'intercepter les communications mobiles et de localiser un téléphone d'escroc.

Manger : verbe d'argot employé par les escrocs signifiant « toucher de l'argent ». Exemple : « Ceux qui veulent manger, ouvrez-moi des comptes. »

Néobanques : nouvelles banques en ligne type Revolut ou N26.

Phishing **:** technique d'arnaque par mail ou par SMS consistant à obtenir des données personnelles en se faisant passer pour un organisme légitime.

Rebecter : verbe d'argot policier signifiant « retrouver la trace » des escrocs.

Scam/scammers **:** en anglais, arnaque/arnaqueurs.

SIM-swapping **:** action d'usurper la carte SIM d'une victime et de prendre contrôle de son téléphone mobile.

Soum : mot d'argot policier pour désigner un véhicule banalisé.

Spoofing/spoofer **:** action d'usurper un numéro de téléphone afin de l'afficher sur le mobile de la victime.

Taper : verbe d'argot policier pour dire « arrêter ».

Tracker **(traceur) :** balise posée sous une voiture par la police judiciaire pour suivre les déplacements des escrocs.

Institutions et mécanismes

ACPR : gendarme français des banques.

Arcep : gendarme français des télécoms.

BFMP : brigade des fraudes aux moyens de paiements. Unité spécialisée de la police judiciaire qui mène les plus grosses enquêtes sur les réseaux de faux conseillers bancaires.

CAT : cellule d'assistance technique de la police judiciaire, chargée d'utiliser et d'installer tous les mécanismes de surveillance et d'espionnage (micros, caméras, trackers, IMSI-catcher).

CNIL : Commission nationale de l'informatique et des libertés. Autorité française veillant à la protection des données personnelles et au respect du RGPD (voir plus bas).

KYC : *Know Your Customer.* Procédure obligatoire pour les banques et les institutions financières visant à vérifier l'identité de leurs clients afin de prévenir la fraude et le blanchiment d'argent.

LBC-FT : lutte contre le blanchiment d'argent et le financement du terrorisme. Ensemble de procédures et de régulations visant à détecter, prévenir et stopper les flux financiers illégaux servant à blanchir des fonds d'origine criminelle ou à financer des activités terroristes.

Loi Naegelen : loi française entrée en vigueur en juillet 2023 visant à mettre fin à l'usurpation de numéros de téléphone.

MAN : mécanisme d'authentification des numéros. Dispositif technique mis en place par les opérateurs français permettant de vérifier l'origine réelle d'un appel téléphonique.

RGPD : règlement général sur la protection des données. Cadre européen garantissant la confidentialité et la sécurité des données personnelles.

Introduction

Les supporters viennent de craquer un nouveau fumigène devant le stade.

Je ne saurais expliquer comment ces mecs, venus de Bordeaux, trouvent l'énergie de se mettre torse nu, un 29 décembre, dans la nuit glaciale de Clermont-Ferrand. Parce qu'au rugby, ce n'est pas comme au foot. Les supporters sont plus tambours et trompettes que systèmes pyrotechniques.

Là, ça ressemble plus à un avant-match du PSG : un grand nuage rouge englobe quelques ombres. Je suis là ce soir pour tourner un reportage sur l'équipe de Clermont. La journaliste reporter d'images qui m'accompagne s'approche, change son objectif pour un grand angle et se place au cœur du brasier.

Dans ma poche, mon téléphone vibre. C'est la Caisse d'Épargne.

— Monsieur Martinez-Delcayrou ?

Je déteste ma banque. Voilà déjà deux ans que mes amis me vantent les avantages des banques en ligne et de l'intérêt que j'aurais à placer mon argent chez elles. J'ai toujours repoussé, plus par flemme que par manque de temps.

Pourtant, combien de fois ai-je perdu les nerfs, l'après-midi, lorsque le répondeur de ma banquière m'indiquait qu'il faudrait rappeler un matin pour avoir le privilège de lui parler directement. Comprenez : vous avez le droit d'avoir une urgence, mais seulement entre 9 heures et midi.

Cette fois, c'est différent. L'appel vient de beaucoup plus haut.

— Désolé de vous déranger. Dominique Bertrand, du service des fraudes de la Caisse d'Épargne. Nous vous appelons simplement pour vérifier que c'est bien vous qui êtes à l'origine du virement des sommes de 1 400 et de 850 euros, émis il y a quelques minutes depuis votre compte. Nos robots suspectent une fraude, au vu des montants et de la destination.

— Je conteste, bien sûr. C'est quoi, la destination ?

— En réalité, il y en a deux. Bamako et Douala. Celui qui tente d'effectuer ces virements utilise un iPhone 14. Vous nous confirmez bien que ce n'est pas vous ?

— Je n'ai rien à voir avec ces virements. Et là, j'ai pas vraiment le temps, je suis au travail. Merci de bloquer tout ça. Et merci pour votre vigilance.

La fumée commence à me piquer les yeux.

— Restons au téléphone encore un peu, si vous le voulez bien. C'est une urgence. Vous semblez être la cible d'escrocs au système très bien rodé. D'autres virements de ce type sont susceptibles de passer dans la nuit. Ils ont l'air de posséder certains de vos codes. L'adresse IP d'un intermédiaire a été identifiée au Portugal.

— Je comprends l'urgence, mais je ne peux vraiment pas rester au téléphone.

— OK, on bloque et on surveille. Êtes-vous disponible demain, pour régler tout cela, et comprendre d'où provient cette fuite d'informations ?

Je raccroche. L'appel a duré moins d'une minute. La Caisse d'Épargne me confirme par SMS qu'un agent me rappellera le lendemain.

Des résidus de fumigènes jonchent le sol. Le groupe de supporters s'est volatilisé.

— Tout va bien ? me demande la reporter.

— J'ai failli perdre plein d'argent, visiblement. Une tentative d'arnaque déjouée. On entre dans le stade ?

Le lendemain, vers 18 heures, je reçois un nouvel appel de la Caisse d'Épargne. L'agente du service des fraudes, qui a repris le dossier, me dit que la situation est plus grave que prévu. Elle procède à un certain nombre de vérifications. Numéro de compte, date de naissance, nom de ma conseillère : c'est bon, elle a tout juste.

— Bon. Nous travaillons depuis quelques jours sur votre cas, en coopération avec la police du 15ᵉ arrondissement. Nous avons remarqué que vous êtes le quatrième client de votre agence à être victime de fuite d'informations cette semaine. Ce n'est pas encore établi, mais il est fort probable que votre banquière elle-même en soit à l'origine.

— C'est impossible. Ma banquière travaille loin, dans une banque d'un petit village…

— On sait, à Villeréal. Je vous explique : les personnes que nous traquons sont souvent des escrocs africains qui agissent en France en bande organisée, pour envoyer de l'argent essentiellement en direction des pays de la côte ouest-africaine. Ces réseaux criminels cherchent à travailler avec de vrais conseillers bancaires. Ils visent de petites agences de campagne en France, car ils jugent les personnes qui y travaillent plus faciles à corrompre. Ils obtiennent vos codes, tirent votre argent et font en sorte que vous n'en soyez pas notifié. La bonne nouvelle, c'est qu'il n'y a que deux personnes qui travaillent dans l'agence qui vous gère. Ce qui fait que, si l'enquête confirme leur implication, il sera très facile de les retrouver et de les arrêter.

— Et qu'est-ce que je dois faire ?

— Vous, rien. Nos robots détectent les fraudes, nos agents s'occupent de remonter jusqu'aux arnaqueurs.

Dans les cas les plus graves, quand les escrocs parviennent à vous dérober de l'argent, votre assurance peut renflouer votre compte directement. Vous, par exemple, avec votre carte Visa Premier, c'est bon, vous êtes protégé.

L'arrestation de ma banquière ne serait qu'une question de jours.

Le lendemain, c'est le 31 décembre. Avant de sortir pour fêter 2024 à l'autre bout de Paris, je rejoins Thomas, un ami qui habite à deux pas de chez moi. Il me raconte ses dernières galères amoureuses, allume *Mario Kart*, prend une manette, m'en passe une autre et me demande comment ça va. Je lui raconte ce qu'il m'est arrivé ces deux derniers jours.

— Les enquêteurs m'ont prévenu qu'ils allaient me rappeler dans l'après-midi. Faudra peut-être faire pause à un moment.

— Je prends Yoshi. On fait quel circuit ?

Entre deux bananes et une carapace rouge, le service des fraudes me rappelle. Je mets en haut-parleur pour que mon pote se rende compte de la folie de l'histoire.

Nouvelle tentative de fraude. Presque 6 000 euros, cette fois. La Caisse d'Épargne m'envoie un SMS confidentiel avec un code à transmettre pour bloquer la transaction. « Ce serait dommage de ne plus avoir d'argent pour le Nouvel An », me lance l'agente. Et puis, ça coupe.

Quand je la rappelle, je tombe sur le répondeur de la banque.

Bien sûr qu'elle est fermée un 31 décembre en début de soirée.

C'est à ce moment que je comprends que, depuis le début, il n'y a pas de service des fraudes. Depuis deux jours, des escrocs m'appellent avec le numéro de la Caisse d'Épargne. Je viens de perdre mes économies.

Il ne s'agissait pas d'un mail rempli de fautes, d'un SMS foireux ou d'un démarchage téléphonique intempestif, non.

Les personnes qui m'ont arnaqué avaient déjà toutes mes informations, le calme et la connaissance parfaite du système bancaire. La panoplie complète pour me piéger.

Je décide de partir tout de suite au commissariat. À l'accueil, les deux policiers m'interrogent sur la raison de ma venue :

— On vient de me vider mon compte.

— Des escrocs vous ont appelé avec le numéro de votre banque ?

— Comment vous savez ?

— Il n'y a que ça en ce moment. Entrez, l'OPJ va vous recevoir.

Il y a quelques heures, j'étais loin d'imaginer que j'allais passer mon réveillon avec l'officière de police judiciaire. Ma plainte s'ajoute à la longue liste de dépositions du genre qu'elle reçoit ces derniers temps.

« Depuis des semaines, ça défile. C'est sans fin. Il y a quelques jours, une dame a perdu 40 000 euros. Hier, ils ont volé 100 000 euros à un type. » Son voisin de bureau l'interrompt. « Tu veux reprendre de la bûche ? Profite, parce qu'à minuit, ça va envoyer sec dans Paris ! » Elle décline et reste focus sur l'arnaque.

— Ne croyez pas que vous êtes plus con qu'un autre. Ils sont plus forts que vous, plus forts que nous, à la police. Ils passent sous les radars.

— Mais comment font-ils pour posséder toutes mes infos ? Pour connaître autant de détails sur le fonctionnement de la banque ?

— J'en sais rien. Je ne suis pas experte de ces groupes, vous savez. Même moi, je flippe. Tout ce que je sais, c'est que ces mecs préfèrent se mettre à cette escroquerie que faire du trafic de stups. C'est plus rentable. Et moins risqué.

1er janvier 2024

Avec le dernier billet de 20 euros qu'il me reste, je m'achète un maximum de pâtes dans une supérette au sol collant, dévalisée de vodka pendant la nuit. En sortant, comme d'habitude, je croise cet homme adossé au kiosque à journaux, veste trouée et pieds nus sous deux degrés. Donner ou pas ; je n'ai même plus le choix.

Ma banque ne veut rien savoir. Puisque j'ai transmis ce code, sans le savoir, à des escrocs, je ne serai pas remboursé. Double peine.

La culpabilité, commune à toutes les victimes, me ronge pendant deux jours. Jusqu'à ce que je m'interroge :

Qui sont ces escrocs qui m'ont arnaqué si facilement ? Combien sont-ils et combien de victimes font-ils par jour ? Qui leur permet d'être aussi forts ? Ont-ils des contacts au sein des banques ? Combien gagnent-ils par mois ? Que financent-ils avec cet argent ? De la drogue, des armes ? Ou bien, le brûlent-ils dans des villas, de la cocaïne et des prostituées ? Existe-t-il une hiérarchie entre eux ? Y a-t-il des conflits entre gangs ?

Je commence à enquêter. Deux agents de la police judiciaire parisienne m'expliquent qu'au cours de l'année 2023, chacun des dix-neuf commissariats parisiens intramuros a reçu entre une et dix plaintes par jour à ce sujet.

En ramenant ces chiffres à la population française et en prenant une fourchette basse, les forces de l'ordre estiment que le million de victimes a été dépassé en quatre ans.

La Banque de France rend compte, tous les ans, de la montée de la fraude par manipulation. Elle souligne que les Français ont perdu plus d'un milliard d'euros depuis 2021.

Seule une victime d'escroquerie sur dix porte plainte : la réalité se situe donc bien au-delà.

Comment expliquer cette hyperpuissance des escrocs ? Qui les aide, qui les protège ? Sont-ils vraiment plus forts que l'État, que les banques et que les opérateurs de téléphonie ? Plus puissants que les juges et les policiers ? Qui essaye d'enrayer cette arnaque, et surtout, à qui profite-t-elle ?

29 janvier 2024, troisième semaine d'enquête.

Libération sort un article sur le sujet qui commence comme ça :

« Fin septembre 2023, l'ancien juge antiterroriste Jean-Louis Bruguière coule un dimanche paisible dans son appartement parisien avec son épouse, Catherine H., lorsque le téléphone de cette dernière retentit. » Jean-Louis Bruguière perd 200 000 euros en un après-midi.

Jean-Louis Bruguière. Ce nom m'est familier. La première fois que j'ai entendu parler de lui, c'était en avril 2007. J'avais 10 ans, je vivais dans le Sud-Ouest. Un samedi, avant de partir au marché, mon père me demande : « Tu veux venir ? Ce matin, il y a quelqu'un d'important qui passe. » Jean-Louis Bruguière venait dans notre petit village pour faire campagne pendant les élections législatives. Il se présentait pour l'UMP et il affrontait le candidat PS Jérôme Cahuzac. Bruguière m'avait salué entre le stand de poulets rôtis et la banque avant de filer sous la halle pour acheter du foie gras pour sa fille. Il est surtout connu pour avoir été l'un des plus grands juges français spécialisé dans la lutte antiterroriste.

En découvrant qu'un type comme lui, qui a passé sa carrière à traquer les hommes les plus dangereux de la planète, s'est fait arnaquer, d'abord, je me sens moins bête. Ensuite, je me demande : s'ils arrivent à manipuler un homme de cette envergure, combien tomberont dans le panneau ?

L'escroc derrière cet appel est identifié par le service spécialisé de la police judiciaire parisienne, la brigade des fraudes aux moyens de paiement (BFMP). Un certain Emmanuel B., déjà passé par la prison entre 2021 et 2022. Il était la tête pensante d'une bande organisée qui a dépouillé, des mois durant, des dizaines et des dizaines d'innocents. Le butin a été estimé par la justice à plusieurs millions d'euros.

Tout le monde y passait. Des étudiants en galère, des parents qui mettaient de côté pour payer le mariage de leur fille, des entrepreneurs, des barmen, des bénévoles. Une flopée de gens normaux. Et puis, un jour, le puissant Dominique Strauss-Kahn, ex-ministre des Finances et ancien directeur du Fonds monétaire international.

Deux célébrités. Deux arrestations. Strauss-Kahn en 2021. Bruguière en 2023.

L'affaire Strauss-Kahn, sur laquelle nous reviendrons en détail, a été jugée par Guillaume Daieff. Un magistrat célèbre pour avoir été juge d'instruction dans l'arnaque dite des quotas carbone, découverte par le grand public avec le film *Carbone*, puis par le livre et la série à succès *D'argent et de sang*.

Guillaume Daieff me donne rendez-vous au bar L'Industrie, juste à côté du nouveau Palais de justice, dans le 17e. Les ouvriers en gilet jaune, qui retapent le trottoir d'en face, attendent leur café. Le serveur tarde, trop occupé par cette table bruyante d'employés qui terminent leur troisième bouteille de rouge. « Je suis certain que Benoît XVI, il est pas mort ! » crie le plus vieux, quand Guillaume Daieff franchit le pas de la porte avec sept minutes d'avance. Il porte un long manteau sombre et un chapeau noir. Il s'installe et commande un thé vert.

— Combien d'affaires jugez-vous par semaine ? je demande.

— Une vingtaine, environ.

— Où placez-vous celle-ci ?

— Pour l'arnaque aux faux conseillers bancaires, à la première place.

— J'ai lu, dans les quelques articles qui parlent de cette affaire, que les escrocs se faisaient 100 000 euros par semaine. C'est possible, autant d'argent ?

— C'était le cas.

— Et c'était quel genre de mecs ?

— Une dizaine de types, sans histoire. Il y avait un noyau dur de quatre Parisiens originaires du 14e et du 20e. Ils avaient la particularité d'avoir tous, ou presque, grandi sans père. C'est ça qui m'avait marqué, à la base.

— Vous savez si ce sont eux derrière l'arnaque du juge Bruguière ?

— Jean-Louis Bruguière ? L'ancien juge antiterroriste ?

— Oui. Un certain « Emmanuel B. » a été arrêté fin 2023, car la police le soupçonnait d'être à l'origine du coup. Je n'ai pas de confirmation. J'essaye d'en savoir plus.

— Vous me l'apprenez. Il est donc sorti de prison… Il est de nouveau passé devant un juge d'instruction pour l'affaire Bruguière ?

— Je ne sais pas. Je chercherai. Qui était Emmanuel B. ?

— Un jeune Antillais, vaniteux. Sur les écoutes, on entendait qu'il avait un certain charisme, une certaine autorité. Pendant toute l'audience de l'affaire DSK, il a refusé de répondre aux questions que je lui posais. Il a gardé le silence. Encore, en garde à vue, c'est courant. Mais au tribunal, c'est très rare. Il a demandé à son avocat de faire plein d'incidents d'audience pour obtenir le renvoi du jugement.

Emmanuel B. est défendu par Raphaël Chiche.

Raphaël Chiche est connu pour avoir été l'avocat de Rédoine Faïd, braqueur impliqué dans la mort de la policière Aurélie Fouquet en 2010. Faïd est devenu par la suite une figure presque mythologique du banditisme grâce à ses deux évasions spectaculaires de prison.

La première fois en 2013 à l'aide d'explosifs.

La seconde fois en 2018 en hélicoptère.

Faïd fut condamné, pour tout ça, à rester derrière les barreaux jusqu'en 2060. Dans une interview donnée depuis sa cellule fin 2023 à un journaliste du *Parisien*, il crie à l'injustice en comparant sa peine à celle de Salah Abdeslam, le terroriste du 13 novembre 2015, et déplore le fait que ce dernier « sortira avant lui ».

Justement. L'un des avocats de Salah Abdeslam, Martin Vettes, est aussi l'avocat de l'un des condamnés dans cette affaire d'escroquerie. Quelques mois après le procès des attentats, il défend Ulysse, membre du groupe d'Emmanuel dans l'affaire DSK.

Maître Vettes est le premier avocat des accusés à me parler dans cette enquête. Il me donne rendez-vous dans son cabinet le 8 février.

Mauvaise date. Le matin même, il annule l'entretien. Salah Abdeslam a été transféré la veille d'une prison belge vers une prison française. Martin Vettes doit faire le tour des plateaux télé. Il est, dès 8 h 15 du matin, sur France 2. Visage ovale, yeux perçants, chevelure brune légèrement ondulée, l'avocat rappelle que, comme tous les hommes, le terroriste a une dignité, que ce transfert de la Belgique vers la France est illégal et que ses droits sont bafoués. Il termine son argumentaire par ces termes : « Je suis très fier de défendre Salah Abdeslam. »

L'emballement médiatique passé, il prend le temps quelques jours plus tard de m'expliquer par téléphone les grandes lignes de l'affaire de l'arnaque de DSK.

« Les dossiers de ce type sont très rares. Non pas parce que ces arnaques sont rares en elles-mêmes, mais parce que, pour une fois, un groupe s'est fait attraper. »

Comme le juge Daieff, Martin Vettes me parle d'une bande de gamins originaires de Paris Sud qui se connaissaient depuis l'enfance pour la plupart ; « pas des voyous, ni des délinquants », « des casiers vierges » qui ont « la tête sur les épaules, qui réfléchissent vite » avec, cependant, un besoin de revanche sociale – une nécessité boulimique.

Bien qu'il ait défendu l'un des premiers faux conseillers bancaires, Martin Vettes me fait une confidence qui me saisit. « Mon père a aussi été escroqué. Dans nos proches, on en connaît tous. »

La Ligue des champions du pénal, ceux qui avaient défendu Faïd et Abdeslam, venait à la rescousse d'Emmanuel, Ulysse et neuf autres gars, des types prétendument sans histoire. J'avais du mal à croire qu'ils n'avaient aucun passé judiciaire, mais à l'évidence, il y avait un monde entre les hommes richissimes qu'ils sont devenus et les galériens qu'ils étaient.

La procédure

Cette enquête a duré un an et trois mois.

J'ai longtemps couru après la procédure de l'affaire DSK.

La procédure est le cadre légal qui garantit que chaque affaire est traitée de manière équitable et conforme à la loi. Elle inclut les actes juridiques (dépôts de plainte, mises en examen, citations), les investigations (enquêtes de police, auditions, expertises), les échanges entre les parties (plaignants, accusés, avocats), les audiences et décisions de justice. Une procédure mal respectée peut entraîner l'annulation d'un acte (par exemple, une perquisition illégale) ou un vice de procédure, qui peut faire tomber tout un dossier.

J'ai demandé la procédure à tous mes interlocuteurs.

Les magistrats ont refusé.

Les policiers ont refusé.

Les avocats ont refusé.

En fait, personne ne pouvait me transmettre ces documents hyper confidentiels pour une bonne raison : l'un des condamnés, Emmanuel B., a fait appel. Une enquête est toujours en cours, confiée à un nouveau juge d'instruction.

J'ai donc commencé sans, en me basant sur le jugement (119 pages) et en multipliant les interviews.

Et puis, un soir d'été, un avocat m'envoie un SMS. Il me donne rendez-vous le lendemain, à 22 h 30, le long de la Seine, dans le 77. Je sors du RER et je marche jusqu'à l'adresse indiquée.

Message. « Je vous laisse arriver en premier. »

Un lampadaire éclaire un pont. J'attends cinq minutes. Un joggeur passe. Un petit chien s'approche de moi et me sent la main.

« Il ne mord pas. Tenez. Je ne vous ai jamais donné cette clé USB. Regardez-la, puis jetez-la, faites ce que vous voulez avec, mais ne me la rendez pas. »

L'avocat tourne les talons. Le chien repart.

Je me demande quel était le sens de cette mise en scène.

L'avocat voulait simplement ne laisser aucune trace.

En ouvrant cette clé, je découvre les 2 173 documents de l'investigation judiciaire. 1 814 fichiers, 359 dossiers.

L'ouverture d'un dossier massif comme celui-ci est surprenante d'esthétisme. Tout est parfaitement rangé, de sorte que n'importe quel avocat, policier ou magistrat puisse trouver l'information qu'il recherche dans la minute.

Il y a sept dossiers : A, B, C, D, E, P, V.

Dossier A – Forme

Ce sont les lettres de désignations des avocats par les mis en examen.

« Je soussigné […] déclare désigner maître […] dans la présente instruction. »

Dossier B – Personnalité

Ce sont les casiers judiciaires des mis en cause.

Six sont vierges (Rayan, Bavon, Ulysse, Charles, Kénan et Régis).

Les cinq autres (Amou, Emmanuel, Mohamed, un deuxième Mohamed et Kévin) ont reçu de petites peines. Le tribunal pour enfants les a condamnés pour vols, usages de stupéfiants et conduite sans permis. Entre 150 euros d'amende et cinq mois de prison avec sursis.

Dossier C – Contrôle judiciaire et détention

On y trouve essentiellement des documents signés par la juge d'instruction et par la juge des libertés et de la détention, comme les ordonnances de placement en détention provisoire et les placements sous contrôle judiciaire.

Dossier D – Fond

C'est le dossier central. Il contient 140 dossiers. Les centaines de procès-verbaux rendent compte de l'enquête policière : géolocalisations de véhicules, interceptions téléphoniques, retranscriptions d'écoutes et interrogatoires. Il me faudra plus d'un mois pour tout lire.

Dossier E – Procédure d'audience

On y trouve normalement le déroulé des débats lors du procès : les arguments, les plaidoiries. J'ignore pourquoi ce dossier est vide. Pour pallier ce manque, j'ai disséqué le jugement, j'ai interrogé des journalistes qui ont couvert le procès, des avocats et Guillaume Daieff, président de la 13e chambre correctionnelle du tribunal judiciaire de Paris.

Dossier P – Patrimoine et scellés

37 fichiers, 12 dossiers.

Ce sont des pages et des pages de tableaux interminables qui recensent tout le matériel de luxe saisi lors des perquisitions.

Dossier V – Victimes

160 fichiers, 128 dossiers.

Il s'agit de l'intégralité des plaintes des parties civiles envoyées à la juge d'instruction.

Cette mine d'or deviendra ma bible, mon repère pendant toute la phase d'écriture.

La procédure fut à l'origine d'un nombre incalculable de questions.

J'obtiendrai les réponses sur ces escrocs et, plus globalement, sur le système dont profitent les arnaqueurs en France à travers plus de 150 entretiens.

Le fait que je m'intéresse à ce groupe ne signifie en aucun cas qu'il est le seul, bien sûr. Ils sont des milliers.

Mais ce groupe fut le premier à se faire arrêter et à se faire juger.

Cette matière judiciaire permet de comprendre ce que les enquêteurs ont découvert en 2021 sur cette arnaque qui, vous allez le découvrir au fil du récit, a évolué pour devenir le monstre inarrêtable qu'elle est aujourd'hui.

Partie I

Les escrocs

Chapitre 1

Au paradis des hackers russes

Emmanuel B. est né à la fin de l'année 1999. Antillais d'origine, métis, tresses à la Travis Scott. Il vit avec son petit frère chez sa mère dans un modeste appartement du 14e arrondissement. Pas celui des bars de Gaîté, ni de la partie qui flirte avec Montparnasse. Non. L'autre. Celui de la porte d'Orléans ; un quartier dans le quartier, que les gamins d'ici appellent « le cul de Paris ». Les derniers mètres intra-muros avant le périphérique.

Il vit dans un duplex que sa mère paye chaque mois rubis sur l'ongle avec son salaire d'aide-soignante. Il y a deux chambres à l'étage : celle de sa mère et la sienne, qu'il partage avec son frère. Une armoire pour deux. Un lit superposé. Des chaussures en vrac, des cahiers et une console de jeux. Au rez-de-chaussée, il y a la cuisine et des draps, des draps partout, pliés dans tous les recoins sous des vêtements froissés que sa mère repassera quand elle aura le temps, peut-être entre 5 heures et 6 heures du matin, avant de partir au travail.

En sortant de chez lui, Emmanuel a une vue imprenable sur Planet Food, un kebab qui fait aussi burgers, pizzas et tacos quand il reste du pain tortilla. À gauche, ce sont les bouchons et les pots d'échappement. L'entrée de la porte d'Orléans est la plus stressante de la capitale. Depuis que le tram est devenu prioritaire, les voitures avancent au compte-gouttes et les scooters, en tort, klaxonnent avant de lâcher un doigt d'honneur. De l'autre côté de la route, juste devant la pharmacie, un emplacement réservé aux bus est pris d'assaut par des vacanciers en warning ; des Clio, des 207 et autres Scénic profitent d'un départ dans la campagne bourguignonne pour faire du covoiturage. Ça paiera l'essence.

À droite, c'est l'avenue sur laquelle Emmanuel a traîné toute son enfance ; là où il a grandi avec ses copains Ulysse, Bavon, Charles et Rayan. Ses potes l'appellent « Mitch ». Ado, il devait passer un bac pro commerce, mais il raconte avoir été exclu du lycée Beaugrenelle, dans le 15e arrondissement, juste avant les épreuves. Emmanuel devient livreur Uber Eats et travaille sur les marchés pour se faire un peu d'argent. De temps en temps, il mise un billet sur la NBA. Il n'est pas mauvais en paris.

Son meilleur pote, Charles, fait du 11 heures-23 heures au courage, sur son vélo, pour soulager sa mère avec son salaire de livreur Deliveroo.

Bavon enchaîne les petits boulots de serveur et rêve que son titre de séjour se transforme en passeport.

Rayan, lui, tente les études longues. Après le lycée, il entre en BTS management puis en école de commerce.

Le groupe mène une vie normale de gars de Paris Sud ; parcs, soirées, grecs et rap. Ça parle de meufs, de rêves de voyages, ça fume un peu et ça partage des plans pour faire de l'argent, légal ou illégal, sans jamais prendre trop de risques.

Ulysse est le seul à lancer son activité professionnelle. Il a deux boîtes : une de BTP, grâce à laquelle il se verse un salaire de 1 400 euros, et une agence de location de voitures qui fonctionne plutôt bien. Jusqu'à ce que le Covid emporte tout.

Début mars 2020, la porte d'Orléans se vide. Une dernière valse de Parisiens s'empresse de rejoindre leur résidence secondaire pour le long confinement qui s'annonce. Le jeune Mitch regarde le spectacle, ferme sa fenêtre et entend les premières restrictions du président Macron. Le calvaire commence. Les premières semaines passent. Au milieu de l'oisiveté, de la flemme, de la fatigue, Emmanuel entend parler, par hasard, d'une affaire sur une discussion Snapchat. De quoi faire de l'argent. Beaucoup d'argent. Facilement.

Les yeux du caméléon sont indépendants. Il possède une vue à 340 degrés qui lui permet de récolter les informations les plus précises sur sa cible avant de l'attaquer.

31 décembre 2020. La France s'emmerde. Le ministre de l'Intérieur Gérald Darmanin a interdit de réveillonner à plus de six personnes, sous peine d'une amende de 15 000 euros pour mise en danger volontaire de la vie d'autrui. 15 000 balles. C'est quasiment une année de salaire de chauffeur Deliveroo. Mais, dernièrement, les gars de la bande comptent en jour de travail. 15 000 euros, c'est, en gros, une semaine de travail. L'escroquerie a débuté il y a six mois. Elle commence à bien prendre ces dernières semaines alors, ce soir, c'est open bar. Pour le Nouvel An, Charles a réservé un appartement dans le 2e arrondissement de Paris, rue du Ponceau. Des potes et surtout une dizaine de filles sont attendus. Toute la bande est là. Sauf Mohamed.

Mohamed – dit « La Kika » – ne décrochera pas ce soir. Il va rester au quartier. C'est pas son truc, les soirées alcoolisées. Ce qui le détend, ces derniers temps, ce sont les ballons. Les ballons remplis de protoxyde d'azote. Il se procure tout au supermarché pour 3,50 euros. En deux secondes, t'es mort de rire. T'inspires, tu te tapes une barre, tu recommences, jusqu'à ce qu'il n'y ait plus de gaz dans les bombonnes. C'est plus drôle et moins cher que toutes les drogues qui se vendent dans le périmètre. Mohamed habite dans le 20e. Plus précisément, dans le quartier Saint-Blaise.

Saint-Blaise est présenté comme un quartier dynamique et pittoresque par les agents immobiliers. Ils sont les premiers à ne plus vouloir y foutre les pieds. La réalité, c'est que cette partie du 20e craint. Un lourd empilement de logements sociaux, l'un des plus denses d'Europe, qui regroupe quinze mille personnes sur l'équivalent d'une petite vingtaine de terrains de foot. Une aberration urbanistique des années 1970 classée zone de sécurité prioritaire ; glorieux label gouvernemental réservé aux « territoires souffrant d'une insécurité quotidienne et d'une délinquance enracinée ».

La brigade criminelle considère cette zone comme la plus dangereuse de Paris. Des assassinats en pleine rue sur fond de trafic de drogue, des bagarres entre bandes, des vitrines brisées par des pavés, des courses poursuites avec ces voitures de la BAC aux plaques d'immatriculation connues de tous. Mais aussi des barbecues au pied des tours, du Mister You dans les baffles et des matchs de foot. À 20 heures, les grands restent pour traîner quand les petits abdiquent ; c'est l'heure du repas.

Mohamed connaît bien des mecs dans le trafic. Il a vendu, un peu, mais il n'était pas le meilleur là-dedans. Pour rouler en BMW comme ses potes, il faut un certain courage et une vraie endurance pour semer les flics tous les jours. Il n'a pas tout ça.

Il quitte rarement son quartier, mais une fois, Mohamed est parti en soirée dans le 14e chez un gars. C'est là qu'il a rencontré Emmanuel. Les deux ont échangé vite fait sur Snapchat sans trop se calculer. L'ennui du Covid les a rapprochés. C'est de là que tout est parti.

Les deux parlent d'une nouvelle escroquerie, un truc qui a fait ses premières victimes en 2019. Des vidéos tournent, notamment celle-ci, où l'on voit un gars mort de rire jeter des billets verts dans sa chambre. Il en chope un à la volée et le brûle avec son briquet. Gainsbourg 2.0, la classe en moins. *C'est qui, ce dingue ?*

Mohamed cherche à expliquer de manière claire un procédé qui lui semble encore abstrait, un truc dont personne ne parle dans l'actualité brûlante du Covid. Sans en avoir conscience, Mitch et La Kika font partie des précurseurs d'une escroquerie qui deviendra l'une des plus répandues, l'une des plus violentes sur le territoire français dans les années à venir.

La première étape, c'est d'obtenir toutes les informations utiles à propos des futures victimes. Pour ça, il faut se rendre sur le Dark Web en utilisant un VPN (un réseau privé virtuel qui masque votre identité) afin d'accéder à un navigateur russe. Vous tombez ensuite sur une page noire : il faut taper le nom et l'adresse IP du serveur auquel vous voulez vous connecter. Et là, c'est la caverne d'Ali Baba. Il y a tout plein de sites illégaux de vente de toutes sortes de choses, dont un site de données bancaires. Des hackers russes obtiennent tous les jours des milliers d'informations en France – et, globalement, partout où il y a de l'argent à se faire.

Ils procèdent de deux manières.

La première, ce sont les campagnes d'attaques informatiques contre des banques et des sites commerçants, comme ce fut le cas chez Boulanger, Norauto, Auchan, Free ou SFR en 2024. Les Français, nous en reparlerons, sont les citoyens les moins protégés d'Europe concernant les fuites de données.

La seconde, ce sont les campagnes d'hameçonnage, connues sous le nom de *phishing*.

Vous avez certainement déjà reçu de faux mails ou des SMS de La Poste pour un colis, de la CAF, de votre assurance, de votre banque, d'Ameli pour votre carte Vitale ou d'Antai qui vous demande de payer une amende. C'est ça, le *phishing*.

Ce procédé consiste à se faire passer pour une entité de confiance afin de soutirer des informations confidentielles. La victime clique sur un lien qu'elle reçoit par mail ou un SMS. Ce lien la redirige vers une page Web qui imite à la perfection le site officiel en question. Cette page est contrôlée par des hackers.

Quand la victime tape ses identifiants ou ses coordonnées bancaires, elle les transmet directement aux cybercriminels.

Selon l'Agence nationale de la sécurité des systèmes d'information (Anssi), les attaques par *phishing* ont augmenté de 67 % en 2023.

Les faux sites sont de moins en moins détectables à l'œil nu et les messages sont de plus en plus ciblés. Personne n'est à l'abri.

Pas même un ministre.

Fin novembre 2024, lors du sommet du G7 en Italie, Jean-Noël Barrot, alors ministre des Affaires étrangères, tombe dans le piège. Un message reçu sur l'application de messagerie cryptée Signal. Un lien. Un clic. Et voilà son téléphone compromis.

La preuve ? *Mediapart* révèle que, quelques heures plus tard, le ministre des Affaires étrangères du Bahreïn reçoit un message en anglais envoyé depuis l'appareil du ministre français. *« Dear Minister, Hope you are doing good. Can we connect on call ? »* (« Cher Ministre, j'espère que vous allez bien. Peut-on s'appeler ? ») Alertées, les autorités françaises saisissent l'Anssi pour enquêter.

Première vérification : pas de traces de logiciels espions. Mais pour aller plus loin, il faut analyser le téléphone en profondeur. Problème : le ministre français refuse, invoquant un agenda diplomatique chargé.

Ironique, quand on sait que Jean-Noël Barrot a été ministre délégué chargé du Numérique (juillet 2022-janvier 2024) et qu'il avait porté, en 2023, une proposition de loi de… lutte contre le *phishing*.

Si l'on met de côté le fait qu'il était ministre, Jean-Noël Barrot n'était qu'un Français normal. Une étude récente réalisée par Harris Interactive pour la Fédération bancaire française révèle qu'en 2024, près d'un Français sur deux consultait ou transférait un message suspect qu'il recevait.

Attaques informatiques contre les grandes entreprises et *phishing* contre les citoyens : voilà donc les deux manières pour les pirates d'obtenir de la donnée.

Une fois ces informations récoltées, elles sont mises en vente sur le Dark Web sous forme de catalogue.

Un genre de La Redoute pour escrocs. En 2021, Emmanuel découvre ça avec de grands yeux. C'est mieux que dans les films. À la fois facile et flippant.

En haut, il y a les cartes platinium. Au milieu, les cartes gold. En bas, les cartes de base. Pour obtenir les données d'une carte platinium, il faut débourser 100 euros. Pour une gold, c'est environ 70. Vous pouvez régler par carte ou en bitcoin. Une fois que vous avez payé, vous obtenez tout : le nom, le prénom, les seize chiffres de la carte bleue, le cryptogramme, le nom de la banque, le nom du banquier, le numéro de téléphone et l'adresse de votre future victime. Parfois plus, comme le numéro de compte, l'identifiant et le mot de passe de la personne piratée.

100 euros, c'est rien. Les pirates font en sorte de maintenir ces prix attractifs, car lorsque vous achetez des données, vous n'en avez pas l'exclusivité. La même carte peut faire l'objet de plusieurs achats. Si, une heure plus tard, votre voisin fait le même achat que vous, il aura les mêmes infos. Le pirate aura touché 200 euros. Les Russes comptent sur le bouche-à-oreille pour qu'un maximum d'escrocs se joignent à la partie.

Ça fait leurs affaires, avant de faire les vôtres.

Emmanuel s'associe avec Mohamed et passe le mot à Rayan et Ulysse. Ils commencent comme ça, à quatre, avec les moyens du bord. Chacun travaille depuis chez lui, sur son téléphone, à l'aide d'une application de *spoofing*.

Le spoofing, *zone de non-droit*

En anglais, *spoofing* signifie « usurpation d'identité ».

Avec les données personnelles, le *spoofing* est la deuxième arme des faux conseillers bancaires.

Concrètement, une application de *spoofing* permet à un escroc d'appeler quelqu'un tout en faisant apparaître le numéro qu'il souhaite sur son écran ; dans notre cas, celui d'une banque. La victime décroche en confiance, et c'est là que l'arnaque commence.

Plusieurs applications, comme Spoof Card, sont téléchargeables sur Android ou iPhone.

En plus d'afficher le numéro de téléphone choisi, l'escroc peut ajouter un bruit d'ambiance pour renforcer la crédibilité de son appel.

Un problème que l'Arcep (Autorité de régulation des communications électroniques et des postes), le gendarme français des télécoms, avait vu venir.

En 2018, elle alerte sur la hausse de la pratique et déplore le fait qu'aucun texte de loi n'interdise le *spoofing*.

Alors, cette année-là, le député Christophe Naegelen se saisit du problème. Il propose une loi pour renforcer la lutte contre les arnaques au téléphone.

Elle est adoptée en juillet 2020 et entrera en vigueur en juillet 2023.

La loi donne trois ans aux opérateurs téléphoniques pour mettre en place le mécanisme d'authentification des numéros (MAN), un système censé couper tous les appels passés avec un numéro usurpé. Cette solution sera-t-elle sans failles, comme prévu ? C'est ce que nous verrons au cours de cette enquête.

En attendant, sur la période 2020-2023, les escrocs ont le champ libre.

Victimes : des chômeurs aux médecins

François* est tombé dans leur stratagème.

François a 46 ans. En 2021, il vit seul en Mayenne. Victime d'un AVC en 2017, il a perdu l'usage de ses

---

* Les prénoms avec astérisques ont été modifiés.

jambes. Chaque mois, il reçoit environ 900 euros d'allocations handicap. C'est peu, mais suffisant pour ses besoins, du moins, c'est ce qu'il se dit. Il n'a jamais voulu dépendre de sa mère, retraitée, qui a déjà bien assez de mal à joindre les deux bouts. François a 5 000 euros sur son compte en banque. S'il met de côté, c'est parce qu'il sait qu'après cinq ans d'allocations handicap, il y a des chances qu'elles ne lui soient plus versées.

Emmanuel, Mohamed, Rayan et Ulysse ont récupéré son numéro de carte bleue, la localisation de sa banque et son numéro de compte. En moins d'une heure, ses 5 000 euros s'évaporent.

Le jugement du procès est clair sur la personnalité d'Emmanuel : il n'est pas seulement un voleur ; il se réjouit à l'idée de *« destroy »* ses victimes. Les rappeler, les torturer mentalement, savourer chaque seconde de leur panique.

Les escrocs poursuivent leur saignée en ouvrant un crédit à la consommation au nom de François, qui l'endette à hauteur de 3 000 euros.

Lors du procès, qui se tient du 23 mars au 14 avril 2023 au nouveau tribunal judiciaire de Paris, cent cinquante personnes se portent partie civile.

Il y a Lou, étudiante, qui s'est fait arnaquer de 16 000 euros, Didier, entrepreneur, à qui l'on a volé 12 675 euros, Dominique et Michel, un couple de retraités, escroqués de 3 000 euros, Inès, commerciale, amputée de 3 500 euros, et puis Priscillia, Laura, Virginie, Toilabati, Georges, Tarek, Jean-Claude, Émilie, Annick, Yann, Jean-Louis, Adrien, Antoine, Catherine, Thomas, Jennifer, Bérangère, Frédéric, Jean-François, Pauline, Aurélie, Évelyne, Sabine, Daniel, Alexandra, Chrystelle, Pierre, Chantal, Hamel, Marion, Patrick, Angeline, Sophie, Camille, Marie-Christine, Claire, Cécile, Thierry, Valérie, Daniel, Patricia, Anaïs, Valérie, Muriel, Gilbert, Bruno, Jean-Louis, Myriam, Éric-Vincent, Christelle, Caroline, Bernadette,

Bernard, Olivier, Amandine, Stéphanie, Jean-Yves, Laetitia, Gisèle, Marie, Cécile, Élodie, Pascal, Lisa, Chantal, Françoise, Virginie, Bernard, Jean-Paul, Miriame, Sabine, Caroline, Norma, Victoire, Rémy, Alexandra, Juan Francisco, Idris, Marion, Julie, Nancy, Mamadou, Martine, Claire, Hélène et Catherine.

Derrière ces prénoms se cachent toutes les tranches d'âge et toutes les catégories socioprofessionnelles. Des médecins, des retraités, des artisans, des chômeurs, des avocats, des mères au foyer, des commerciaux, des aides-soignantes et des étudiants.

Le jugement indique que, dans l'idéal, Emmanuel essaye d'éviter les personnes âgées. Non pas qu'il faille épargner les plus vulnérables, mais parce que les mamies, c'est chiant, ça comprend rien à la technologie, il faut tout leur expliquer, ça prend du temps. Il plaint les conseillers, les vrais, qui doivent gérer ce type de clients à longueur de journée. Les jeunes cadres, au moins, ça percute, ça n'a pas le temps de gérer des urgences bancaires, et donc, ça fait confiance plus vite.

La dernière étude de Harris Interactive confirme cette tendance.

En 2024, 57 % des adultes français ont été victimes d'une tentative d'arnaque. Chez les moins de 35 ans, la proportion monte à 72 %.

Toujours en 2024, l'étude indique que 13 % de la population française a réellement été arnaquée par un fraudeur. Le nombre explose chez les moins de 35 ans : 16 % (+ 8 points en un an !) ont été victimes contre « seulement » 11 % chez les 65 ans et plus (+ 1 point).

Cela s'explique par le fait que les moins de 35 ans sont moins inquiets vis-à-vis de la protection de leurs données personnelles. Ils enregistrent davantage leurs données bancaires sur les sites de vente en ligne (53 % contre une moyenne française de 31 %) et ont davantage tendance à consulter ou transmettre les messages suspects (63 % contre une moyenne française de 44 %).

En 2023, le montant de la fraude aux faux conseillers bancaires atteint 379 millions d'euros.

Une augmentation de 40 % par rapport à 2021, année où Emmanuel et son groupe sont devenus des princes de l'arnaque.

Sur Terre, il existe plus de 170 espèces de caméléons. Plus de la moitié vivent à Madagascar.

Chapitre 2

Néobanques : la foire au blanchiment

Le 11 septembre 2021, quelques jours avant leur interpellation, le groupe d'amis se vante de gagner entre 100 000 euros et 200 000 euros par semaine et par tête.

Ils ont donc besoin de blanchir tout cet argent volé, c'est-à-dire de dissimuler son origine illégale, de le rendre difficilement traçable par les autorités et de le réintégrer dans l'économie légale. Une étape cruciale pour les criminels dans toute arnaque pour éviter les poursuites judiciaires et la saisie du butin.

Comment faire ? En ouvrant un maximum de comptes en banque, pour créer un système de « comptes rebonds ».

Imaginez plutôt.

Si Emmanuel vole 2 000 euros à une victime numéro 1.

Puis 5 000 euros à une victime numéro 2.

Puis 10 000 euros à une victime numéro 3.

S'il envoyait ces 17 000 euros directement sur son propre compte, ouvert avec sa carte d'identité, il serait aisé de remonter jusqu'à lui. Un coup de fil de la police à la banque suffirait pour qu'Emmanuel B. soit identifié.

Le but d'Emmanuel est donc d'ouvrir des comptes avec des cartes d'identité qui ne lui appartiennent pas.

Imaginons qu'il ait quatre comptes à disposition : A, B, C et D.

Il peut ainsi laisser son compte officiel de côté et faire transiter l'argent des victimes vers un compte A, puis vers un compte B, puis vers un compte C et enfin sur un compte D.

Ce compte D lui permet de retirer l'argent en cash au distributeur, sans que l'argent ait été assimilé une seule fois à son nom.

Encore faut-il trouver des cartes d'identité pour créer ces faux comptes.

Les escrocs ont deux solutions fiables pour s'en procurer : les faire fabriquer chez un faussaire – ils ont leur contact à Château-Rouge – mais c'est lent : entre quarante-huit et soixante-douze heures par document.

L'autre solution, c'est d'en utiliser des vraies. À condition de trouver des personnes assez naïves pour les leur confier.

Emmanuel dans le 14ᵉ, Mohamed dans le 20ᵉ, Rayan dans le 13ᵉ et des potes dans le 93 : chaque membre de l'équipe active son réseau pour récolter des pièces d'identité, cartes ou passeports. Ça a commencé comme ça, lors de matchs de foot. Il suffisait de promettre : le jour de tes 18 ans, je te file 200 euros. En échange, avec ta carte d'identité, tu ouvres un compte sur ce lien. En quelques semaines, des dizaines et des dizaines de comptes s'ouvrent chez Fortuneo, N26 et Revolut, les fameuses nouvelles banques en ligne. Le bouche-à-oreille sur Snapchat fait le reste.

Bon plan, 200 euros, je t'en parle en MP (message privé). Facile.

Les néobanques sont privilégiées par les arnaqueurs. Elles sont rapides, efficaces, pas très regardantes et totalement digitales. L'ouverture d'un compte prend quelques minutes à peine.

À la fin des années 2010, les néobanques de type N26, Revolut ou Fortuneo réalisent une entrée fracassante sur le marché. Elles prennent des parts de marché considérables aux banques traditionnelles, passant de 1,4 million à 3,5 millions de comptes actifs en France en 2020.

Ces banques traditionnelles accusent les néobanques d'attirer un maximum de nouveaux clients en négligeant la partie KYC – *Know Your Customer* : une obligation légale qui ordonne aux banques de vérifier l'identité de leurs clients.

Comment se fait-il que des néobanques puissent être aussi négligentes et puissent ouvrir des comptes rapidement à n'importe qui ? Pour comprendre, je prends un train aux aurores.

Mon voisin avale son croissant en deux bouchées, essaye de lire un peu de Dostoïevski, s'endort, se réveille, déploie *Le Figaro*, se rendort, bave un peu sur les miettes bloquées sur son col et nous voilà arrivés en gare de Marseille Saint-Charles.

SMS. « Quand vous arrivez, prenez les escaliers comme si vous alliez vers le métro. Je serai en bas à droite. »

Des données européennes traitées à Madagascar

Fily Kanté a quitté Paris il y a quelques mois pour s'installer au soleil. Nous marchons quelques mètres et nous nous installons à la première table sans voisins. Fily est l'une des références françaises en matière de vérification de documents et d'usurpation d'identité.

Il a monté sa boîte, ID Protect. Avant de se lancer en indépendant, il est passé par la BNP en 2019. « Ils m'ont embauché quand ils voulaient renforcer leur sécurité quelques mois après avoir été condamnés pour insuffisances dans la lutte contre le blanchiment d'argent et le financement du terrorisme. »

Fily n'a travaillé que trois mois à la BNP pour voir, pour comprendre son processus de vérification. « C'était à Nanterre, sur un plateau de trois cents personnes. » Il voyait passer des documents à longueur de journée et devait vérifier leur authenticité à l'aide d'outils et de son téléphone pour passer des appels aux personnes concernées. « C'est le métier le plus nul du monde. J'ai détesté. Les personnes qui m'entouraient n'étaient pas forcément qualifiées dans ce domaine. En plus, elles étaient quasiment toutes en situation précaire. »

Payées au Smic, ou à peine plus. Mais dans la légalité.

Cette année-là, la BNP voit naître des concurrents un peu partout : les néobanques sont en pleine croissance. Elles séduisent tout le continent grâce à la flexibilité de la loi européenne : pour venir chercher des clients dans un pays, une néobanque n'a pas besoin de s'y installer. Revolut, par exemple, a obtenu son agrément bancaire en Lituanie en 2019. En 2024, elle a fêté ses quatre millions de clients en France.

« Quand elles se lancent, les néobanques ont des investisseurs à qui elles doivent montrer qu'elles ouvrent de plus en plus de comptes. Il faut qu'une ouverture de compte soit rapide. Alors, ce qu'elles font, c'est qu'elles confient leur vérification d'identité à des prestataires externes. »

Les leaders du milieu s'appellent Onfido, IDnow et Concentrix. « Les prestataires jouent sur ça avec les néobanques. Ils leur disent : confiez-nous cette tâche à faible valeur ajoutée et rébarbative, on s'en occupe. » Mais où ? Certainement pas en France, où la main-d'œuvre est trop chère.

IDnow a ouvert des centres en Roumanie.

Concentrix à Madagascar.

Les responsables fraudes que j'ai rencontrés tout au long de cette enquête ont accepté de donner des informations sous anonymat. Car ces « fermes à KYC », comme ils les appellent, sont un tabou dans le milieu. Ces prestataires, pour certains basés en dehors de l'Union européenne – et donc non soumis au règlement général sur la protection des données (RGPD) – proposent des services rapides aux banques pour une main-d'œuvre pas chère à un rythme effréné : moins d'une minute par dossier.

Les néobanques visent les nouvelles générations, habituées au numérique, ou les anciennes, qui en ont marre de la paperasse des banques traditionnelles.

La rapidité fait leur réputation. Elles ont besoin de ces entreprises externes.

La capitale malgache, Antananarivo, est remplie de sociétés du genre. Au milieu des bidonvilles, d'immenses *call centers* ont flairé le bon filon. Les salariés, rémunérés entre 40 euros et 100 euros par mois, ont pour mission de valider l'identité des ouvreurs de comptes.

Pour savoir si les données personnelles de clients européens peuvent être traitées là-bas, je contacte le gendarme français des banques, l'Autorité de contrôle prudentiel et de résolution (ACPR).

Je lui pose la question suivante :

« Une néobanque a-t-elle le droit de confier la vérification d'identité (les KYC) de ses nouveaux clients à une société qui externalise cette prestation en dehors de l'Union européenne ? »

L'ACPR me répond : oui.

« Les KYC que vous mentionnez peuvent être externalisées. Il n'y a pas de contraintes spécifiques sur le pays dans lequel est établi le prestataire extérieur. » La néobanque qui a recours à cette externalisation demeure pleinement responsable de s'assurer que cette prestation est sérieuse et respecte les obligations de lutte contre le blanchiment d'argent et le financement du terrorisme (LCB-FT).

Aussi fou que cela puisse paraître, les néobanques ont donc le droit de sous-traiter les données de leurs nouveaux clients dans un pays qui n'est pas soumis à la réglementation européenne de protection de données (RGPD). Alors, elles en profitent pour maximiser leurs profits.

Fily Kanté reprend. « Quand tu réfléchis et que tu te mets à leur place, si les néobanques veulent rester compétitives face aux autres, comment tu veux qu'elles fassent autrement ? Il y a tellement de gens qui ouvrent des comptes. » Ainsi, entre 2018 et 2024, les néobanques ont multiplié leur nombre de clients par dix, passant de 35 millions à 350 millions d'utilisateurs dans le monde.

N26 condamnée

La croissance des néobanques a suscité l'intérêt de la presse allemande. Le quotidien d'investigation économique *Wirtschaftswoche* a démontré dès 2018 qu'il était possible d'ouvrir des comptes avec de fausses pièces d'identité chez la néobanque allemande N26. La porte ouverte au blanchiment.

Après cette enquête, N26 a été condamnée deux fois par la BaFin, le régulateur allemand.

En 2021, une première amende de 4,25 millions d'euros pour insuffisances dans le processus d'identification des nouveaux clients.

En 2024, une amende deux fois plus lourde : 9,2 millions d'euros pour insuffisances en matière de lutte contre le blanchiment.

Le gendarme français me confirme ces failles en 2025.

L'ACPR m'informe avoir récemment mené une enquête dont les résultats pointent le risque de l'utilisation de faux documents pour ouvrir des comptes à distance – comprenez chez les néobanques – afin de blanchir de l'argent et, *in fine*, échapper aux forces de l'ordre.

Ainsi, en 2021, le groupe d'Emmanuel a vidé le compte des deux enfants de Sophie*.

L'argent a circulé du compte A au compte D, avant d'être retiré.

Chaque « système ABCD » est conservé, au maximum, une semaine pour ne pas laisser de traces. Ensuite, les comptes ferment, d'autres s'ouvrent, avec de nouvelles cartes de jeunes qui ignorent que contre 200 euros ils contribuent au blanchiment de centaines de milliers d'euros par mois.

En 2021, après cinq, six, sept mois dans l'escroquerie, les escrocs commencent à ressentir un décalage important entre les revenus de l'arnaque et les appartements exigus dans lesquels ils vivent en famille. Les conditions n'en sont pas idéales pour travailler. Oui, ils parlent de « travailler ». Et personne n'accepte de travailler avec une mère qui entre dans votre chambre sans prévenir pour récupérer votre linge sale et vous demande ce que vous pouvez bien faire sur cet ordinateur, toute la journée.

À l'aube de ses 22 ans, Emmanuel a l'impression que sa vie tourne en rond et voit en cette arnaque, par l'argent qu'elle rapporte, le temps qu'elle prend et les sensations qu'elle procure, une porte de sortie. C'est grâce à lui, grâce à son énergie, sa malice, son intelligence au téléphone, sa patience, son emprise sur les autres – et parce qu'il est convaincu que cette escroquerie n'existerait pas si les banques n'étaient pas aussi négligentes sur leur sécurité – que lui et tous ses potes commencent à s'en mettre plein les poches.

Les Russes ne vendent que la matière première. Tout le reste, c'est de l'acting. Du cinéma. Du *allô*. Une réalité parallèle dans laquelle la compassion n'existe pas, où il est impossible de se faire attraper par la police. Le numéro qui s'affiche sur le téléphone des victimes est celui de leur banque et, avec ce système ABCD, l'argent devient intraçable.

Les escroqueries les plus efficaces ont toujours été les plus simples.

Chapitre 3

L'ERREUR DOMINIQUE STRAUSS-KAHN

C'est là, rue de La Boétie. Les escrocs ont choisi de s'installer derrière le ministère de l'Intérieur, dans les hôtels chics du 8e arrondissement. Ils ont deux points de chute favoris : le Park Lane et le Rochester, deux établissements quatre étoiles.

Des berlines noires, des Audi et des Mercedes, garées sans dépasser des lignes blanches, se reflètent dans la vitrine d'un magasin de polos haut de gamme. Le premier bâtiment sur la droite du Park Lane héberge un bureau d'avocats. Plus loin, une agence de voyages vous propose une réduction pour un aller-retour à l'île Maurice, 1 800 euros seulement les dix jours, profitez-en. Si vous prenez le bus à l'arrêt juste ici, vous avez le choix. Le numéro 52 vous emmène dans le 16e en passant par les Champs-Élysées. Le 43 vous dépose plus humblement à l'hippodrome de Longchamp.

Si vous continuez à pied, tout droit, toujours rue de La Boétie, vous passez devant le Crédit Agricole et, en rasant un restaurant gastronomique, une odeur de sauce au poivre vous caresse le palais. Une limousine de riches touristes américains passe du Drake en direction de l'une des dix prestigieuses discothèques du quartier. Elle est arrêtée au feu rouge, devant un centre de minceur, voisin d'un immeuble luxueux dont l'un des propriétaires a choisi de se débarrasser de ce chic canapé en cuir blanc.

Vous arrivez au niveau de la Banque Populaire, puis du CIC, situé en face de la Banque Postale et à côté de la Société Générale. Que des banques. Marchez encore un peu. Là, cet immense bâtiment taillé dans la pierre, c'est la BNP Paribas, et celui-ci, c'est la Caisse d'Épargne. Vous venez de faire sept cent cinquante mètres et vous arrivez enfin au Rochester.

Entre les deux hôtels de luxe, c'est le bingo de la finance française.

Rayan s'occupe des réservations. Il est celui qui fait meilleure impression, le seul à maîtriser l'anglais et le seul à savoir imiter certains accents à la perfection. Selon lui, pour être bien vu, il faut donner un nom de famille juif ou libanais, comme dans les séries, parce que ça fait riche et crédible pour un Occidental moyen abreuvé aux clichés de sa clientèle habituelle. La première nuit est systématiquement réservée sur Internet. Celles qui suivent sont réglées au jour le jour, à l'accueil, en cash, pour ne laisser aucune trace en ligne sur la durée de leur séjour.

Plus de mère chiante, plus de frère pénible qui gueule en jouant à la console. La rue est calme. Dans ces hôtels, il faut compter entre 400 euros et 500 euros la nuit. Emmanuel et Mohamed prennent l'habitude de bosser ensemble. Rayan et Ulysse forment l'autre équipe. Bavon passe pour filer un coup de main et des petits du quartier viennent alimenter le groupe en téléphones portables et cartes SIM.

Sur la table, un ordinateur donne accès aux ventes des hackers russes. Un autre PC traîne sur le lit pour faire des recherches sur les victimes avant de passer l'appel. En une journée, ils ruinent un ancien footballeur de Ligue 1, un garagiste, et cette dame, Marie*, 62 ans, tout juste retraitée et profondément bouleversée depuis le décès de son mari il y a quelques jours.

Il est 18 heures. Rayan vient d'acheter ses données bancaires et découvre que Marie est à la Banque Populaire en banlieue parisienne. Il détient son numéro de carte bleue, son numéro de compte, le nom de son conseiller bancaire et son adresse postale.

Il l'appelle et prend soin que le numéro de la Banque Populaire s'affiche sur son téléphone, toujours avec cette application de *spoofing*. Il la stresse – nous constatons, madame, une tentative d'achat frauduleux sur votre compte – et la rassure – madame, c'est votre conseiller, monsieur Thillier, qui nous a directement informés, nous, au service de sécurité de la Banque Populaire. C'est pour cela que l'on vous appelle tout de suite. Vérifions ensemble vos données. Il lui envoie ensuite, par SMS, le code secret qui lui permettra de « faire opposition » à ce transfert douteux.

« Je n'ai pas l'habitude de m'occuper de tout cela. Avant, c'était mon mari qui le faisait, mais il est parti… » Elle donne le code et perd plusieurs milliers d'euros. Ça ne suffit pas. Marie a un deuxième compte à la Banque Populaire. Rayan lui demande de lui donner un deuxième code, qu'elle a dû recevoir par SMS, mais Marie lui jure : elle n'a rien reçu.

— Elle pige rien celle-là, souffle Rayan, qui vient de muter son micro.

— C'est quoi le problème ? s'énerve Ulysse.

— Elle a pas validé le deuxième paiement. Là, elle se rend pas compte que je suis un escroc.

— Tant qu'elle n'a pas validé, tu continues. Tu sais pas si ça va marcher.

— Je me suis battu pour qu'elle valide, tu m'as vu faire.

— Tu sais, quand tu prends un hôtel à 1 000 euros la nuit… Faut l'épuiser.

Marie a fini par déballer. En une semaine, elle a perdu son mari et tout son argent. Elle ne sera jamais remboursée par sa banque qui l'accusera de « négligence ». Comme toutes les banques envers l'immense majorité des victimes.

Sauf une.

2 août 2021

Allongés sur leurs lits qui viennent d'être refaits par une dame de ménage, Mitch, La Kika, Ulysse et Rayan scrollent sur ce site russe, achètent quelques données bancaires d'anonymes et tombent sur une fiche aussi folle qu'inattendue.

Nom : Strauss-Kahn

Prénom : Dominique

Date de naissance : 25 avril 1949

Carte : American Express

Pour obtenir toutes ses informations confidentielles, les escrocs n'ont plus qu'à payer une centaine d'euros.

Un clic, un paiement, et voilà que tombent son numéro de compte, son numéro de carte bleue et son numéro de téléphone.

Ce 2 août 2021 serait un grand jour. Ils allaient taper dans les caisses d'un homme qui a fait la une des journaux du monde entier – qu'importe les raisons –, d'un homme qui a dirigé le Fonds monétaire international et qui fut ministre sous Chirac.

Rayan temporise. Se faire Strauss-Kahn, ce serait kiffant, oui, mais ça les plongerait dans une vraie galère. S'en prendre à un ancien ministre, c'est accepter d'affronter son réseau de policiers, de juges et d'avocats. Mais l'arrogance de ses potes prend le dessus. « Un mec comme ça, jamais il appelle les flics. »

Avant chaque appel, les escrocs prévoient l'achat qu'ils vont faire valider à leur victime. Ils ouvrent le site Internet de Cartier et choisissent un bracelet en or d'une valeur de 8 950 euros, avec une inscription : « *Love* ».

Ils entrent le numéro de la carte bleue de Dominique Strauss-Kahn sur le site et attendent de l'avoir au téléphone pour déclencher la validation de l'achat.

Mitch prend un téléphone au pif dans une sacoche, l'allume et insère une puce. Le numéro relié est le 06 29 14 10 10. Pour le cacher, il active l'application de *spoofing* et fait apparaître le numéro exact du siège d'American Express France : le 01 47 77 30 00.

— Monsieur Strauss-Kahn ? C'est monsieur Dupuy, du service de sécurité d'American Express. Nous vous appelons dans l'urgence.

— Qu'est-ce qui se passe ?

Mitch évoque une transaction suspecte, un achat de bijou à la boutique Cartier de Madrid d'une valeur de 8 950 euros. Strauss-Kahn dément en être à l'origine et demande des précisions sur la date. Emmanuel, ou plutôt monsieur Dupuy, insiste sur l'urgence : il faut intervenir immédiatement.

Il vérifie avec DSK qu'il s'agit bien de cette carte bleue, de ce compte bancaire, de cette adresse postale, et fournit même la bonne date de naissance de sa mère.

Pour l'instant, ce n'est qu'une tentative d'extorsion, explique l'escroc, mais il parvient à convaincre l'ancien ministre qu'il a besoin de lui pour stopper la transaction. DSK, comme un Français toutes les quatre secondes selon le gouvernement, va se faire avoir en quelques minutes.

Strauss-Kahn valide la transaction. Mitch serre le poing et rassure DSK : quand bien même cet argent disparaîtrait, il lui serait vite remboursé, voilà, tout était fini, merci, désolé du dérangement, bonne journée et à bientôt, peut-être, au siège d'American Express.

Le bijou de Madrid

Emmanuel raccroche ; la mission DSK n'est pas terminée tant que le bracelet Cartier n'est pas dans leurs mains. S'ils ont choisi ce bijou, ce n'est pas parce qu'il est particulièrement beau, non. C'est simplement parce que ce modèle est introuvable en France.

C'est Charles qui ira le récupérer. Charles est le meilleur ami d'enfance d'Emmanuel, un gars du 14e qui ne trempe pas dans l'arnaque, mais qui lui avait assuré que s'il avait besoin d'aide, à un moment, il lui rendrait service. C'est à lui de jouer.

Charles reçoit un mail, avec, en pièce jointe, deux allers-retours en avion dans les prochains jours. Deux, parce qu'il faut que Charles parte avec l'individu qui avait donné sa pièce d'identité pour passer cette commande en ligne. Cette fois, la petite main, c'est Kenan.

Kenan a 18 ans. Il vient de lâcher son BTS, sans trop de regrets. Le programme ne l'intéressait plus, il n'avait plus la motivation, plus aucune bonne raison de s'accrocher. Il attend maintenant de commencer un service civique, histoire de s'occuper et de remplir son C.-V. L'argent, c'est une autre histoire. Il en manque. Ses parents n'ont jamais été riches et, même si ce n'est pas la misère, il n'y a pas de place pour les caprices. Alors, quand un type à peine plus vieux lui propose 500 euros pour emprunter sa carte d'identité, il n'hésite pas. 500 euros, ça veut dire un peu d'air. C'est tous les repas sur un mois et peut-être même quelques bières à apporter en soirée.

Kenan vient de faire son premier compromis avec l'avenir.

Il raconte tout à la juge d'instruction lors de son interrogatoire huit mois plus tard, le 7 avril 2022.

La veille du départ, Charles donne rendez-vous à Kenan dans un hôtel à Montparnasse. L'air est lourd. Il lui explique, à voix basse : « Ce sera un aller-retour rapide, à Madrid, pour aller chercher un cadeau pour ma copine. Ne pose pas de question. » Charles se recule et détaille Kenan du regard ; ce jogging, là, c'est pas possible. « Va falloir changer de tenue. Dans la boutique dans laquelle on va, il faudra être classe pour être crédible. »

Charles emmène Kenan chez Primark et lui prend une paire de chaussures, un pantalon chino gris et une chemise blanche.

Les deux complices atterrissent à Madrid le lendemain et prennent un taxi jusqu'à la boutique Cartier. La vendeuse analyse le duo. « D'où venez-vous ? »

Charles baragouine dans un mélange d'anglais et d'espagnol, suffisant pour convaincre l'employée qui revient avec le bracelet et son certificat d'authenticité. « C'est pour qui ? » interroge-t-elle, intriguée. « Pour ma mère », répond Charles. *Pour sa mère ? Il m'avait dit pour sa copine*, pense Kenan. Mais on a dit : pas de question.

Commande récupérée. Ils reprennent le taxi et remontent dans l'avion. Kenan suit Charles dans ce même hôtel de Montparnasse. On lui demande si le voyage s'est bien passé et on lui tend une liasse de 500 euros, dix billets de 50. « On », parce qu'encore une fois, le gamin n'a posé aucune question.

Le bijou est entre les mains d'Emmanuel. C'était donc si facile que ça, de se faire un ancien ministre ? Il veut refaire le coup. Ulysse lui déconseille parce que là, ça va faire vraiment louche. Emmanuel reste dans son rôle et, le jeudi 5 août 2021, Strauss-Kahn reçoit un nouvel appel d'American Express.

« Monsieur Dupuy » au bout du fil. Il lui indique que le paiement de 8 950 euros n'est pas passé, mais qu'une nouvelle tentative d'achat avec son compte était en cours.

Pour échapper à l'escroquerie, il faudrait, encore, lui transmettre le code secret qu'il allait recevoir par SMS.

Sur ce coup de bluff, Mitch vole 17 000 euros supplémentaires à Strauss-Kahn pour une autre commande Cartier, toujours en Espagne.

Cette fois, on propose 1 000 euros à Kenan. Arrivé à l'aéroport de Madrid, Charles s'isole dans un coin. Il parle de longues minutes téléphone et revient vers Kenan. « J'ai reçu un coup de téléphone de la vendeuse de Cartier. Il y a eu un problème, le transfert n'est pas passé. On repart. » De retour à Paris, Charles prend le taxi. Kenan le RER.

DSK, soulagé d'avoir évité ces deux tentatives d'extorsion, est perturbé : comment se fait-il que son compte ait été visé deux fois cette semaine ? Il rappelle American Express et tombe sur un conseiller – un vrai – qui lui confirme qu'il n'existe pas de monsieur Dupuy au service des fraudes et que les escrocs ont tenté de lui prendre plus de 25 000 euros en quatre jours. Seule la commande de 8 950 euros est passée. Dominique Strauss-Kahn porte plainte. American Express le rembourse tout de suite.

Emmanuel décrète que son équipe a bien mérité quelques vacances. Il part avec Rayan et Mohamed direction l'Espagne, à Marbella pour une grosse semaine. D'abord à l'hôtel, au Nobu, puis dans une immense villa blanche avec piscine.

L'argent de poche du séjour sera volé à Myriame*. Elle perd 36 000 euros, trompée par cet appel du service d'opposition de son établissement bancaire. Son avocat, maître Matthieu Barbé, m'informe que la Banque Populaire ne l'a pas remboursée.

Les escrocs claquent 12 000 euros dans la location, 3 000 euros en hôtel, 25 430 euros chez Burberry pour cinquante-quatre achats et encore plusieurs milliers d'euros en boîte de nuit. À force de s'afficher, chaque soir, avec tout ce cash dans la discothèque la plus huppée de Marbella, les trois Français – ceux du fond de la boîte, là-bas, entourés de magnums, de verres cassés, de glaçons qui fondent et de belles femmes – attirent l'attention des petits caïds du coin.

L'approche est simple. Pour les flatter, il faut s'installer sur la banquette d'à côté, leur faire un compliment sur cette paire de chaussures qui est rare, n'est-ce pas, c'est pas un modèle qu'on trouve partout ça, bravo, c'est classe – et enchaîner en leur offrant la bouteille la plus chère.

Un soir, deux soirs et, au troisième, les Espagnols se font potes avec ces énergumènes sans manières.

Au royaume de la frime, Mitch est le roi, et Rayan un prince ambitieux. La thune doit répondre à la thune. Il n'y a pas de bouteille plus chère que celle qu'on leur a offerte, d'accord, mais eux, ils peuvent en offrir plus d'une. Quand la surenchère ne suffit plus, il faut passer à l'étape supérieure : prouver à ces pauvres Espagnols, qui se la jouent un peu trop à leur goût, qu'ils ne pourront jamais se payer ne serait-ce qu'une seule nuit dans cette villa. L'*after* se passera là-bas, si ces messieurs l'acceptent, et il y aura plus de femmes que dans le carré VIP.

Au petit matin, black-out.

La maison a été vidée. Le cash, les montres, les sacs de luxe : tout a disparu.

Buenos dias.

Partie II

Les enquêteurs

Chapitre 4

Au cœur du Bastion

Fred Marigny* m'a prévenu par texto. Ce mercredi, il est de garde et à tout moment il peut partir en mission. Fred est commandant à la brigade des fraudes aux moyens de paiements, la BFMP. Nous avons rendez-vous à 14 heures au siège de la police judiciaire, au 36 rue du Bastion, dans le 17e à Paris. Un bâtiment en forme de B, à l'architecture ultramoderne, collé au nouveau tribunal de Paris.

À l'entrée, trois policiers au regard dur me demandent d'attendre et de me présenter.

Le plus grand me dit que cette carte de presse ne me donne pas d'immunité particulière et qu'il va falloir que j'enlève ma ceinture, que mon sac passe au scanner et que je me dépêche parce qu'ici, on n'entre pas comme ça, on ne passe qu'un par un, que quatre personnes attendent derrière moi et, d'ailleurs, si je ne suis pas là pour porter plainte, pointer pour un contrôle judiciaire ou être entendu en tant que témoin dans une affaire, est-ce que j'ai vraiment rendez-vous, dans quel service, avec qui déjà, et qu'en fait, on ne va pas se dépêcher parce qu'il va falloir vérifier si ce que je dis est vrai.

On a dit qu'ici, on n'entre pas comme ça.

Fred débarque.

— C'est vous le journaliste ? Venez, venez. Entrez. C'est bon, il est avec moi.

Pendant deux secondes, j'ai un doute.

Si cet homme qui me reçoit est bien policier – avec son tee-shirt large de métalleux, son bracelet noir, son jean, sa barbe poivre et sel de trois jours et son sourire sympathique –, de prime abord, je n'aurais pas imaginé qu'il soit le flic qui a mené les investigations de ce dossier labyrinthique. Il n'y a pas plus monsieur Tout-le-Monde. Je passe le portique sans biper.

Au fond du hall se dresse une grande armoire vitrée, un mini-musée rempli de pins des polices du monde entier, de Corée du Sud, de Côte d'Ivoire, d'Espagne, d'Italie, des États-Unis, d'Autriche ; toutes les nations avec qui la coopération fut efficace à un moment donné. Juste à côté, sur une étagère en bois brillant, les livres vainqueurs du prix du Quai des Orfèvres sont rangés par ordre chronologique, de 1998 à 2023.

— On se tutoie, si ça te va, me propose-t-il en appuyant sur le bouton de l'ascenseur. C'est ta première fois ici ?

— Je ne suis jamais venu.

— J'ai vu que tu avais écrit un premier livre sur la corruption dans le sport. Comment tu passes de ça à ces escrocs ?

— Ils m'ont pris tout mon argent. Plusieurs milliers. J'ai fini à 0.

— Putain. Ces gars sont en train de tout dévaliser. Les comptes des Français se vident un par un. Ça touche tout le monde.

— C'est-à-dire ?

— Les prolos, les handicapés, les étudiants, la classe moyenne, les très riches, les très pauvres, les acteurs, les P.-D.G., les flics, les avocats, les agriculteurs, les ministres, et même des gens du milieu de la banque et des assurances.

C'est exponentiel. Depuis quelques jours, le parquet considère cette escroquerie comme l'ennemi numéro 1. T'imagines pas l'ampleur du truc. Personne ne peut imaginer.

Septième étage, celui de la BFMP. On prend la première à droite. Badge. La porte s'ouvre. Badge, encore. Le premier détail qui attire l'œil, c'est l'affiche de film *Je compte sur vous* dans lequel l'acteur Vincent Elbaz incarne un arnaqueur qui vole dans les comptes des entreprises en se faisant passer pour le patron de la boîte. « On appelle ça les arnaques au président. Ça existe encore. Le film est assez bien foutu. » Fred me laisse passer en premier.

On arrive dans un long couloir à la lumière fade. Je découvre la base arrière de la brigade des fraudes aux moyens de paiement. C'est ici que Fred Marigny bosse quand il n'est pas dehors avec son équipe dans une voiture banalisée, déguisé en livreur Amazon, en facteur, en touriste, en conducteur RATP ou en joggeur.

Le Bastion compte un peu plus de deux mille agents. La BFMP environ quarante.

La brigade des fraudes aux moyens de paiements appartient au département des affaires économiques et financières (DAEF), aux côtés de six autres brigades : la brigade financière (BF), la brigade de répression de la délinquance astucieuse (BRDA), la brigade de répression de la délinquance économique (BRDE), la brigade de répression de la délinquance contre la personne (BRDP), la brigade de lutte contre la cybercriminalité (BLCC) et la brigade de recherches et d'investigations financières (BRIF).

Fred me présente à Oscar, un policier trapu aux muscles étouffés par les manches trop serrées de son polo blanc.

— Oscar, voici le journaliste qui écrit sur le groupe d'Emmanuel B.

— Hahaha, bienvenue. Y a de quoi écrire. Dire qu'à la base, on pensait que ce serait deux types à arrêter facilement et que ça prendrait deux jours…

Sur les murs des bureaux, une légion de schémas, de traits au Velleda et des fils de laine qui se croisent. Des réseaux naissent sur des cartes, des noms sont barrés, réécrits en rouge, soulignés deux fois. Des photos de suspects sont imprimées en noir et blanc, et en dessous de chacune d'entre elles se dresse la liste des tâches à effectuer avant de lancer l'interpellation. Au centre du tableau, ici et là, un gros point d'interrogation dessiné au feutre s'invite. C'est, pendant l'enquête, la seule ponctuation acceptable.

— Ça fait combien de temps que t'es à la BFMP ?

— Onze ans.

— T'as bossé sur l'arnaque aux quotas carbone ?

— J'y ai bossé, sur une fin de dossier, oui. Mais je déteste les affaires dans lesquelles les types se planquent en Israël. L'extradition est impossible. Ça me frustre. Et moi, je gère très mal la frustration.

Au fond du couloir, un babyfoot commence à vieillir entre une immense affiche de *Mission impossible* et un frigo rempli de canettes : il y a plus de choix qu'au Super U. Fred s'assoit à son bureau ; attends-moi une minute, me dit-il, j'arrive. Il ne ferme pas entièrement la porte et me laisse entrevoir une pile de jeux de société et des figurines de manga. C'est donc ça, l'ambiance police judiciaire.

À la BFMP, Fred est à la tête d'une équipe de neuf enquêteurs, lui inclus. Il a grandi dans le Sud où il a étudié la géographie pendant sa licence. À côté de ça, Fred est un passionné de paintball. À la fac, il avait même ouvert une association qui marchait du feu de Dieu et participait à des compétitions internationales ; au point qu'il pensait pouvoir en faire son métier. Il finit par troquer la peinture contre les balles réelles en passant le concours d'officier de police à 27 ans.

Il quitte le Sud et atterrit dans le 93 avant d'intégrer la brigade criminelle. « On faisait les homicides, les incendies criminels, les viols, les règlements de compte… Tous ces trucs-là. » Et puis, un jour, la vie de famille. « J'ai voulu lever le pied. Je me suis mis sur un truc que je pensais plus calme avec les escroqueries. » Au début, c'était le cas.

Il passe deux ans au service carte bancaire où il s'attend à beaucoup de choses, vraiment beaucoup de choses, mais pas à poursuivre des livreurs de pizza. C'était à la fin des années 2000, avant l'arrivée de Uber Eats et de Deliveroo. « À l'époque, quand tu te faisais livrer une pizza, tu payais avec le TPE du livreur à la porte d'entrée. Il prenait ta carte en te disant que son TPE ne la lisait pas. Il retournait la carte un coup en te faisant croire qu'il la nettoyait, mais tout ce qu'il faisait, c'est qu'il retenait ton cryptogramme, le code à trois chiffres derrière ta CB. Ensuite, miracle, ta carte fonctionnait. Tu payais, le livreur te disait merci et te donnait ton ticket de carte bleue. Derrière, malin, il imprimait le ticket réservé à son patron : le ticket commerçant. Dessus, il y avait le numéro de la carte du client. Numéro de carte bleue et cryptogramme à trois chiffres en tête, bingo. Il avait tout et revendait tes données à des escrocs. C'était un trafic que personne ne connaissait, mais qui faisait beaucoup de dégâts. »

À cette même période, sur les autoroutes françaises, un nombre important de caissiers de stations-service mettaient leur téléphone à plat pour filmer le cryptogramme des cartes bleues qu'ils inséraient dans leurs terminaux de paiement. Même principe : ils imprimaient le ticket commerçant et remportaient le gros lot. Dans la foulée, il n'y avait plus qu'à s'acheter une montre, des chaussures ou des bijoux sur Internet. Mais ça, c'était avant 2019.

Le 14 septembre 2019 chamboule le monde de l'escroquerie. À cette date, la DSP2 entre en vigueur dans toute l'Union européenne. DSP2, c'est le sigle de « deuxième directive sur les services de paiement », une loi votée par le Parlement européen en 2015 pour lutter contre les fraudes en ligne.

Pour faire simple : c'est à cette loi que l'on doit cette fameuse étape qui, lorsque l'on effectue un achat en ligne, nous demande confirmation sur notre téléphone à l'aide d'un code ou de notre empreinte digitale. Fin 2019, le gouvernement français explique que ce « système d'authentification forte assure la protection des commerçants et rassure les clients. » L'Europe espère diviser la fraude par deux, par quatre, par dix si possible.

Fred s'enfonce dans un gros canapé en cuir et m'invite à faire de même. Il pose sa canette sur la table. « Le truc, c'est que quand la DSP2 arrive, les escrocs comprennent que la faille n'est plus au niveau des cartes mais au niveau humain. » L'arnaque doit être réinventée. Fini l'eldorado des livreurs de pizza et des caissiers.

Pour transformer une cible en victime, il faut la rendre complice de la fraude. Il n'existe qu'une seule solution : agir sous légende. Les escrocs partent en quête de crédibilité. Il leur faut assez d'éléments pour se faire passer pour un banquier, un membre du service de sécurité ou, mieux, pour un flic en pleine enquête. Les pirates russes flairent le filon et font leur communication sur Snapchat, WhatsApp et Telegram.

Le Parlement vote. Les escrocs se marrent.

Dans quelques mois, des centaines de milliers de citoyens de l'Union européenne se feront plumer. Ils ne seront protégés ni par les États, ni par les banques.

En France, Emmanuel fait partie des premiers à mettre ses mains dans ce business.

Selon l'espèce, l'éclosion d'un caméléon prend entre quatre et douze mois.

Chapitre 5

PREMIÈRES PREUVES

Les policiers de la brigade des fraudes aux moyens de paiement (BFMP) travaillent en coopération avec ce qu'ils appellent des apporteurs d'affaires. Ce sont des personnes internes à de grandes entreprises, comme la FNAC, Amazon, LVMH, Adidas ou Total, qui fournissent des informations ou des pistes susceptibles d'aider les enquêtes criminelles. Elles jouent les intermédiaires entre leur boîte et la police quand un client porte plainte pour escroquerie.

« Et nous, reprend Fred, on prend ou on ne prend pas en fonction du montant dérobé et de l'activité des escrocs. » Si un dossier l'intéresse, Fred prévient le parquet pour lui dire qu'il aimerait s'en saisir afin d'obtenir l'autorisation d'enquêter, de traquer et d'arrêter les criminels.

Ces apporteurs d'affaires existent aussi dans quelques groupes bancaires français, comme Natixis, mais, au grand désarroi de la police, la majorité des banques ne voient pas l'intérêt de coopérer avec elle. Publicitairement parlant, moins il y a de bruit les concernant, mieux c'est.

À l'inverse, American Express cherche souvent l'aide de la BFMP. Comme ce 18 août 2021, un jour de forte chaleur où la clim fonctionne mal dans les locaux de la BFMP. Le téléphone professionnel de Fred sonne. C'est monsieur Mortier*, l'apporteur d'affaires d'American Express.

— Monsieur Marigny, j'ai une grosse affaire. Quelque chose de très étonnant.

— J'écoute.

— Ça concerne Dominique Strauss-Kahn.

— Strauss-Kahn ?

— Des escrocs ont essayé de lui voler 25 000 euros en trois jours début août. Ils ont réussi à lui prendre 8 950. Ils disposaient d'assez d'informations sur lui pour lui faire acheter un bijou Cartier sans qu'il ne se rende compte de l'escroquerie.

— Vous avez des preuves ?

— On a plein de choses.

Ça vaut le coup d'enquêter, se dit Fred. Le problème, c'est que début août, au service Internet de la BFMP, six policiers sur neuf sont en vacances avec leurs enfants.

— Je vous jure, insiste l'apporteur d'affaires d'American Express, c'est quelque chose de nouveau, je n'ai jamais entendu ça, et Strauss-Kahn n'a rien vu venir.

— Je note, je note, lui répond Fred, mais tout de suite, ça va être compliqué de lancer une enquête : nous ne sommes que trois au bureau.

30 août 2021

Douze jours plus tard, nouvel appel.

— Oui monsieur Mortier, dites-moi.

— Ça fait bientôt deux semaines que j'alerte tout plein de services de police.

— Du nouveau ?

— Non. Personne ne me prend ce dossier, alors que c'est très gros et très important. On peut vous donner des preuves, de quoi enquêter, lancer un truc.

— Comme quoi ?

— On a la photo de la carte d'identité de l'escroc qui a retiré le bijou à Madrid en mains propres. Il a donné sa vraie carte. Mais faut retrouver l'autre, celui qui l'accompagnait.

Fred accepte de prendre l'enquête. Ça fera un coup sur Paris, se dit-il, une interpellation de deux types. La routine.

Il découvre le *screen* de la carte d'identité du jeune, Kenan, 18 ans, inconnu des services de police. L'employé de Cartier l'avait prise en photo avant de lui remettre le colis.

La première préoccupation de Fred est de récupérer les images de vidéosurveillance de la boutique Cartier. Certains magasins les conservent un mois, mais il craint que Cartier fasse partie de ceux qui les suppriment après une semaine.

Il demande à American Express de jouer de leurs contacts avec Cartier pour ne pas avoir à passer par la police espagnole car, sinon, la procédure pourrait prendre plusieurs semaines. Il reçoit les images le lendemain.

Il y a bien deux types. Le premier, Kenan, porte une chemise blanche retroussée. Le second, un tee-shirt bleu foncé et des cheveux peroxydés : mystère sur son identité.

Fred contacte Air France pour obtenir la liste des passagers des vols aller et retour du 5 août 2021 sur lesquels figure Kenan. Il est assis, à chaque fois, à côté de la même personne : un certain Charles, 22 ans. Les deux receleurs sont identifiés.

Cartier transmet à American Express, qui transmet à Fred un autre élément : leur adresse IP. Elle permet de remonter jusqu'aux escrocs, car elle indique précisément le lieu depuis lequel la commande frauduleuse a été passée. En l'occurrence, elle mène au Park Lane, un hôtel chic du 8e arrondissement de Paris.

Fred a donc trois indices ; la photo de la vraie carte d'identité de Kenan, le nom du type qui l'accompagnait dans l'avion, Charles, et l'adresse IP, que les escrocs avaient oublié de cacher. En plus d'un an d'escroquerie, ils n'ont jamais fait attention à cela et n'ont jamais eu le moindre problème. Pourquoi auraient-ils pris plus de précautions en s'attaquant à l'ancien ministre des Finances ?

Fred fait le point avec son équipe : DSK, deux tentatives d'arnaque dont une réussie, deux identités, une adresse. Malgré les éléments, aucun policier de la BFMP n'a le temps de se coller à cette enquête. Sauf Oscar. C'est le dernier arrivé dans le service. Ce dossier le branche bien.

Le lendemain, Oscar monte dans la Peugeot banalisée noire. Chris, plus expérimenté, vient avec lui. Les deux policiers se garent rue de La Boétie devant le Park Lane, un hôtel quatre étoiles construit selon les normes haussmanniennes les plus traditionnelles.

Oscar et Chris présentent discrètement leur carte de police à l'accueil et demandent à voir le patron de l'hôtel. Ils ont besoin de consulter le registre des clients du 1er au 6 août. Ils dissèquent feuille par feuille des centaines de noms, mais ne trouvent pas ceux des deux escrocs de Madrid, Charles et Kenan. Ils obtiennent la photocopie du registre et repartent.

C'est louche cette histoire, murmure Oscar, qui ajuste le rétroviseur et met le GPS pour revenir au bureau. Les escrocs ne sont pas si cons, conclut-il, ils ont utilisé un VPN pour envoyer vers une mauvaise adresse IP et se foutre de la gueule des policiers le jour où ils commenceront à s'intéresser à leurs affaires.

À peine Oscar a-t-il le temps d'attacher sa ceinture qu'il reçoit un appel de son chef, Fred. Une nouvelle information vient de tomber. American Express informe qu'un autre client, anonyme, a perdu tout son argent il y a quelques jours. Le procédé est le même que celui de DSK.

Une adresse IP renvoie vers un autre hôtel de cette même rue La Boétie : le Rochester, à 750 mètres. Oscar et Chris descendent de la voiture et remettent leur blouson.

Le Rochester est un hôtel plus moderne et un poil plus luxueux que le Park Lane. Debout devant sa chaise, une hôtesse, Charlotte, souhaite la bienvenue aux deux policiers qui entrent avec un air grave.

Oscar lui explique ce qu'ils cherchent : deux mecs, habillés en marque, dont un aux cheveux peroxydés.

— Pouvez-vous regarder si vous avez ces types dans vos réservations, s'il vous plaît.

— Je vais regarder, mais ces noms ne me disent rien.

— Ils se foutent de nous, souffle Oscar.

— J'ai rien, reprend Charlotte. C'était quand ?

— Il y a deux ou trois jours.

— Non, vraiment, j'ai rien.

Un mauvais policier est un policier qui n'a pas de chance. Coup de bol, Charlotte est une fille de gendarme.

— En revanche, il y a un groupe de jeunes qui a passé quelques jours ici. Franchement, je ne les sentais pas. Je vais retrouver ça.

— Quel genre ? demande Chris.

— Ils faisaient vraiment mecs de cité, bruyants, pas respectueux.

— Ils ont réservé quand ?

— Y a quatre jours. C'est cette réservation, regardez. Au nom de Ben Harrouche. Je sais pas si ça peut vous aider.

Le soir, en rentrant chez lui, Oscar embrasse sa femme, lui demande de ne pas l'attendre pour manger et glisse ses jambes sous son bureau. Il met côte à côte les pages de réservations des deux hôtels et analyse, ligne par ligne, les noms du Park Lane et du Rochester.

Aucune récurrence.

Il procède de la même manière avec les téléphones portables ; c'est là qu'il tombe sur un 06 utilisé dans les deux hôtels. Le premier au Park Lane au nom de Cohen. Le second au Rochester au nom de Ben Harrouche. « Là, on comprend, dit Fred. On n'est pas que sur deux gars qui reviennent de Madrid. On est sur tout un groupe qui bosse d'hôtel en hôtel. L'adresse IP qu'ils avaient oublié de masquer, c'était une étourderie qui se transforme, pour eux, en énorme connerie. »

Fred reprend la main sur l'enquête. « Notre ennemi, c'est le temps. Et vu le temps qui nous était imparti, il fallait les taper vite. Parce qu'ils faisaient un carnage. Les banques, elles, se faisaient saigner. Mais quand je dis saigner... Prenons le groupe Natixis par exemple (la Caisse d'Épargne et la Banque Populaire). Fin août 2021, il se faisait taper entre 500 000 euros et un million par mois. »

Les policiers en civil se relaient pour faire du porte-à-porte dans tous les hôtels du 8e. Si vous voyez des types louches, habillés en marque apparente, appelez-nous, voici notre numéro.

Le responsable de la sécurité du Park Lane, premier hôtel visité par la police, compose le numéro de Fred deux jours plus tard. « Il y a des gens qui n'ont rien à faire dans mon établissement. Quatre types qui parlent mal, qui demandent du champagne au petit-déjeuner et qui se font des batailles de croissants dans leur chambre. Je vous envoie leurs pièces d'identité. »

Leurs âges correspondent à ceux des deux escrocs de la boutique Cartier de Madrid. Emmanuel, Mohamed, Rayan et Ulysse. Pour la première fois, la police parvient à établir une première ébauche de la composition du groupe. Reste à savoir combien ils sont.

Fred reçoit un nouvel appel dans l'après-midi. Ça n'arrête plus. C'est le Warwick, un autre hôtel du coin qui donne sur les Champs-Élysées.

Son adjoint, Alex, pousse la porte de la chambre que les escrocs ont quittée il y a quelques heures. Le lit est rempli de chips, une bouteille de vodka gît sur la table de nuit et, dans la baignoire, de l'eau stagne, bloquée par des cheveux fraîchement tondus.

Les poubelles n'ont pas été faites. Fred et Alex se précipitent pour les fouiller. Ils découvrent, sous les cadavres de quelques clopes, une écharpe Burberry et un tee-shirt Dior taché, acheté 1 150 euros avenue Montaigne la veille, selon le ticket de caisse qui l'accompagne. C'est ce que les policiers appellent les constatations.

Accompagnés du directeur de sécurité de l'établissement, ils s'équipent d'un masque et de gants. Le duo relève les ADN sur les verres de la salle de bains et met tous les vêtements sous scellés.

De temps en temps, les escrocs passent une tête chez leur mère pour donner des nouvelles – *t'inquiète, tout va bien, on monte un truc avec des copains, ça prend du temps* – et se volatilisent pour salir les draps du Warwick, du Park Lane, du Rochester et bientôt du Royal Madeleine, de la Comtesse et du Damantin.

Maintenant, il faut les taper.

Il y a deux situations dans lesquelles le caméléon change de couleur : quand il le choisit, pour se camoufler, ou quand il le subit, sous l'effet du stress.

Chapitre 6

Méthodes d'espions

1er septembre 2021

Fred convoque l'ensemble des flics de la BFMP.

Quarante enquêteurs.

Il leur détaille les faits, l'argent volé, le niveau de vie des escrocs, les lieux qu'ils fréquentent, et c'est sur ce point qu'il insiste : jusqu'à présent, on se rapproche d'eux, on leur court après, mais on n'a pas réussi à choper de photos, ni de vidéos ou de sons qui prouvent leur culpabilité.

Toute la cellule d'enquête travaillera dessus, des semaines, des mois s'il le faut, jusqu'à ce que la BFMP les attrape.

L'enquête est encore au stade préliminaire – c'est-à-dire que la police mène les investigations sous la direction de la procureure.

Fred décide d'employer les grands moyens. Il rédige deux requêtes à la procureure.

La première est une demande de sonorisations des chambres d'hôtel. Aussitôt acceptée.

La deuxième est beaucoup plus rare. Unique, même, dans l'histoire de la BFMP : l'utilisation d'un IMSI-catcher.

L'IMSI-catcher ressemble à une petite valise oubliée dans un wagon de train. Mais, à la place des chaussettes et des chemises froissées, elle renferme un dispositif capable d'intercepter les communications mobiles.

Habituellement utilisé par les espions la DGSE et la DGSI, le fonctionnement de l'IMSI-catcher repose sur une technique redoutable. Le boîtier fait office d'antenne-relais en 2G. Les téléphones à proximité s'y connectent sans distinguer le subterfuge. À partir de là, tout est aspiré : numéro de téléphone, identifiant de la carte SIM, identifiant de l'appareil, localisation, historique des connexions, appels, SMS et données Internet.

La police judiciaire s'est récemment dotée d'un modèle de pointe pour 2 millions d'euros.

Un unique exemplaire est partagé par les quatorze brigades et les deux mille agents de la PJ parisienne.

Pour convaincre la procureure, Fred argumente : les policiers ont affaire à une bande organisée qui réalise une arnaque dont ils n'ont jamais entendu parler ; les escrocs bougent sans cesse, se cachent, reviennent, arnaquent DSK avec le numéro de sa banque et laissent traîner des tee-shirts à plus de 1 000 euros en quittant l'hôtel. La BFMP soupçonne un préjudice gigantesque ; si un ancien ministre tombe dans le piège, combien de victimes dépouillent-ils par jour ?

La procureure n'hésite pas. La juge des libertés et de la détention non plus. Le 2 septembre 2021, elle autorise exceptionnellement l'emploi de l'IMSI-catcher pour percer les mystères de cette nouvelle fraude.

« Je le rappelle à 11 heures. Je vais le saigner. »

Ce même jour, Fred reçoit un message WhatsApp de Charlotte, la fille de l'accueil du Rochester. « Ils sont revenus. Ils sont chez nous. »

Les escrocs viennent de se pointer à l'hôtel, en fin d'après-midi, avec des sacs Hermès, Dior et Chanel. Ils ont réservé pour une nuit sur Internet et l'ont prévenue qu'ils prolongeraient, peut-être, à condition de pouvoir payer en cash. Elle leur donne deux chambres, la 101 et la 103.

Alex, Oscar, Chris et Suzie rejoignent Fred au parking de la PJ, au – 2. C'est ici que sont entreposés tous les véhicules de la police, de quoi faire rougir n'importe quel concessionnaire. On y voit des dizaines et des dizaines de voitures bien alignées, neuves comme anciennes, des Peugeot, des Ford, des Mercedes, des Dacia, mais aussi des motos, des scooters et des camionnettes blanches.

Fred et Suzie choisissent un véhicule utilitaire. Entre le compteur et le parebrise, un casque de chantier a été déposé sur quelques miettes de pain qui laissent deviner une pause sandwich rapide sur un chantier. Il y a la panoplie complète, un gilet orange fluo a été placé en évidence. À l'arrière, pas de bétonnière, ni de balais, mais une banquette et des toilettes cachées derrière une vitre teintée d'une peinture blanche sur laquelle on lit « plomberie, électricité, chauffage ». Ils avaient le choix avec celui d'à côté, un faux véhicule « Hertz ». Les amateurs de romans policiers connaissent le terme : on appelle ça un soum.

Alex et Oscar montent dans une deuxième voiture. Chris prend le scooter. Ils foncent à cinq en direction du Rochester.

— La réservation a été faite au nom de Jérémy Ben Harrouche, murmure Charlotte à l'arrivée des policiers.

— Ils sont où ? demande Suzie.

— Premier étage, première et deuxième portes sur la gauche.

Suzie prend l'ascenseur, tend l'oreille, entend deux gars parler dans la 101 et deux autres dans la 103. Elle revient à la voiture et retrouve Fred. Il lui annonce qu'il va demander de l'aide à la CAT, la cellule d'assistance technique de la police judiciaire.

« Techniquement, il n'y a pas plus forts qu'eux, me dit Fred. Ils sont capables d'ouvrir une voiture discrètement, de mettre une balise ou de sonoriser ce que tu veux, une chambre, un appartement. En gros : nous, on demande, et eux, ils agissent. » La CAT se pointe avec l'IMSI-catcher.

Deux agents de la CAT suivent Emmanuel, Amou, Mohamed et Ulysse à la sortie du Rochester. Les quatre se posent à la terrasse d'un restaurant huppé du 8e, passent commande, et, alors qu'un serveur leur apporte une corbeille de pain en attendant leurs côtes de bœuf, l'agent H. et l'agent S. s'installent à côté de la table des escrocs.

Ils posent leur mallette au sol et l'IMSI-catcher commence à travailler. Les agents découvrent avec précision qui possède quel téléphone sur lui. Ces lignes téléphoniques, ouvertes sous de fausses identités, sont ensuite placées sous géolocalisation.

Parmi les lignes du noyau dur des escrocs, il n'en manque qu'une seule : celle de Rayan. La CAT s'en occupe le 8 septembre 2021 quand, sortant du Rochester, il part chercher un colis UPS qui contenait une veste Dolce & Gabbana.

Fred et Alex profitent d'une escapade des arnaqueurs pour entrer dans leur chambre. Au sol, du carton, du scotch, des téléphones, et partout des colis, des chaussures Prada et des tee-shirts Dior. Ils prennent quelques photos et repartent, vite, pour ne pas se faire griller. En sortant du Rochester, ils voient le groupe au bout de la rue. Flics en civil et escrocs se croisent, comme si de rien n'était. « Quand ils bougent, ils partent vingt minutes à peine. On n'aura jamais le temps de sonoriser leurs chambres » se dit Fred.

Charlotte, à l'accueil, évoque une idée. Puisque les escrocs prolongent chaque soir en cash, voici ce qu'elle leur dira tout à l'heure, lorsqu'ils se présenteront à elle : désolé messieurs, vos chambres ont été réservées par des clients en ligne. Vous allez devoir en changer. Les 203 et 205 sont prêtes, si vous voulez. « Comme ça, d'ici là, vous avez le temps de les sonoriser. »

Fred rappelle la CAT. Les agents montent au deuxième étage, entrent dans les deux suites de luxe réservées aux escrocs et cachent des micros.

La police craint que les arnaqueurs changent d'hôtel, mais, le soir même, ils reviennent et balancent leurs sacs, leurs téléphones et leurs billets dans les chambres 203 et 205.

Les écoutes vont durer quatre jours, du vendredi 10 au lundi 13 septembre. Quatre-vingt-seize heures. Une tranche de vie, d'intimité et de révélations qui nécessitera deux semaines complètes de retranscription par Fred et Suzie. J'ai pu lire le rapport dans la procédure et en décortiquer les soixante-sept pages.

Les enquêteurs découvrent que Mitch utilise un nouveau site, toujours sur le Dark Web, plus efficace que les précédents. Avant, il allait sur des sites aux noms improbables, comme CC Guirit, C Gate ou UCCVV.

Désormais, il achète ses infos sur « AS », un site russe qui se démarque de ses concurrents par son actualisation très régulière de cartes bleues piratées, toutes les trente minutes, avec des prix de vente de données plus bas que ceux proposés par les autres pirates.

Ainsi, il obtient, contre seulement 28 euros, les informations nécessaires pour accéder au compte d'un client de la Caisse d'Épargne qui a 300 000 euros sur son compte. Pour tenter de tromper son interlocuteur, monsieur Liop*, Emmanuel sort de sa chambre et va dans celle de ses deux comparses, Rayan et Ulysse. « Il est où l'iPhone rouge ? » demande-t-il, tout excité.

L'iPhone rouge, c'est celui avec lequel, selon eux, il est impossible de se rater. Tous leurs plus gros coups ont été réalisés avec celui-ci. Ils ont l'habitude de jeter les téléphones après utilisation, mais, celui-ci, ils le gardent, par superstition, parce que récemment encore, à Marbella, il fut à l'origine d'appels exceptionnels. Ils en changent la puce, parfois, mais c'est tout. « Là, sur la table », lui répond Ulysse, intrigué, qui veut savoir pourquoi il en a besoin.

« Je suis sur un mec qui a trop d'argent, balance Emmanuel. 300 000 euros sur son compte perso, 50 000 sur celui de son entreprise. Je vais le baiser. Je vais le saigner tout le week-end. Demain, c'est samedi, c'est parfait. Je le rappelle à 11 heures. Je me ferai un virement de 14 800 euros. Je lui dirai : on va vous rappeler, pour des questions de sécurité. Le dimanche, pareil. 14 800 euros, encore. Puis je prendrai 43 000 euros. Il n'a même pas de Secury Pass. Je vais le traumatiser. »

Devant ses potes, Mitch imite la voix qu'il va prendre pour son appel : « Oui bonjour monsieur Liop, c'est le service de sécurité de la Caisse d'Épargne ! Oui, le retour de fonds est toujours en cours. Nous sommes le week-end, nous ne sommes pas un jour ouvré. » Il jubile.

— Tu sais ce qu'elle fait sa femme ?

— Nan.

— Sa femme, elle est magistrate. Mais magistrate à la Cour suprême, genre. Il me dit qu'elle est censée être vigilante. Je vais le saigner.

Il l'appelle, comme prévu, le lendemain, à 11 heures.

Monsieur Liop est en voiture et Emmanuel lui suggère de bien vouloir s'arrêter. Pour mettre sa victime en confiance, le faux conseiller lui demande de vérifier que le numéro avec lequel il appelle est bien le numéro d'urgence de la Caisse d'Épargne. Problème : ce coup-ci, dans l'euphorie, il a oublié d'utiliser son application de *spoofing*. Le numéro qui s'affiche n'est pas le 01 de sa banque, mais le 07 bidon de sa ligne.

Emmanuel évoque un problème d'affichage, raccroche et le rappelle, tout de suite, en affichant le 01, ce qui rassure immédiatement monsieur Liop. « Il faut être vigilant sur les fraudes, monsieur Liop. Tout ce qui est faux mails… Je vois qu'il y a une opération frauduleuse de 4 850 euros sur votre compte en banque. »

Pendant ce temps, Mitch ajoute aux bénéficiaires de monsieur Liop deux nouveaux comptes. « Je vais boucler la procédure de litige de fraude. Vraiment, monsieur, il faut que vous fassiez vraiment attention sur Internet. Il y a beaucoup de personnes malveillantes. »

Au milieu de son baratin, il est obligé de muter l'appel. Il crie sur Mohamed et lui demande de bien vouloir la fermer, alors que son pote est en pleine escroquerie depuis les toilettes. Une minute plus tard, Emmanuel vole 28 000 euros à monsieur Liop qui a cliqué sur les liens qu'il a reçus et le rassure en lui disant que la fraude qu'il subissait a bien été annulée.

— Putain tu casses les couilles avec tes appels dans les chiottes là !

— Toi t'es dégoûté parce que je viens de prendre 20 000.

— Je m'en fous de tes 20 000, je viens de faire 28 000 qui arriveront lundi.

Mohamed enchaîne. Ce samedi, il appelle douze victimes. Il ouvre des crédits sur leur dos et, tant qu'il n'a pas tout siphonné, il continue. Il veut même rappeler une victime pour lui prendre les 1 700 euros qui lui restent et c'est Emmanuel qui lui dira, vas-y, laisse-lui. Grand prince.

Il y a trois, quatre, parfois cinq ou six réussites par jour et par chambre, sur plus d'une dizaine de tentatives, avec des noms d'emprunt toujours plus surprenants. Mohamed choisit « monsieur Diderot » du service de sécurité de BNP, quand Rayan se fait appeler « André Rieu », patronyme du célèbre violoniste. C'est avec ce nom qu'il essaye de piéger une femme médecin.

— Elle était avec sa patiente, dit-il à Ulysse. Je me suis battu, je lui ai balancé le SMS, mais elle n'avait pas sa carte sur elle. Ça a duré super longtemps mais ça n'a pas fonctionné. J'ai le seum.

— T'as essayé de lui prendre combien ?

— 2 500, mais c'est pas passé.

— La pute.

Partie III

La saignée

Chapitre 7

Cash, flingue et penthouse

Cette semaine-là, Emmanuel se vante d'avoir fait 200 000 euros.

Rayan entre 100 000 et 120 000.

« Faut qu'on fasse 600 000 en deux semaines, parce qu'on peut, motive Rayan. Une fois qu'on a rempli cet objectif, on se barre à Miami direct. » Le groupe a prévu de s'envoler là-bas fin septembre pour quarante jours, afin de « bosser ».

Le lendemain matin, Fred et Oscar, en observation dans le soum devant le Rochester, voient entrer deux gars, connus pour trafic de stups. À la base, ils venaient juste pour vendre de la drogue aux escrocs. Mais en arrivant dans la première chambre, le dealer s'étonne du train de vie de ses clients. « Pourquoi vous faites pas profiter ? », demande-t-il, avant de glisser que leur business fait de plus en plus parler au quartier.

Car tout le monde, en fonction de ses compétences, peut gratter un peu de thune. « Au début de l'arnaque, quand les *petits* leur ouvraient des comptes avec leurs papiers d'identité, ils prenaient entre 100 et 500 euros, me précise Fred. Les couillons prenaient 100, mais ne se rendaient pas compte des conséquences. 500 balles, c'est quand t'avais bien négocié ton truc. »

Plus le groupe faisait d'argent et plus ça se savait. Par rapport aux sommes qu'ils amassaient, 500 euros, ce n'était plus grand-chose. Alors, ces mêmes *petits* ont commencé à demander des pourcentages. Je t'ouvre un compte, d'accord, mais en contrepartie, je prends 10 % de ce qui passe dessus. Je reçois 10 000, je te renvoie 9 000. Les escrocs ne pouvaient plus quitter le quartier comme ça. Le quartier, c'était leur main-d'œuvre.

Les vendeurs de drogue savaient aussi que ces arnaqueurs gagnaient beaucoup d'argent, sûrement plus qu'eux, et que les risques de se faire choper, par rapport au trafic de stups, étaient bien moins importants.

Les dealers repartis, Mitch reste là un instant, seul, à regarder la rue, sa chambre, ou peut-être rien du tout. Il prend son téléphone et compose un numéro. C'est un geste devenu automatique, qui rythme ses après-midi, mais cette fois, c'est pour du concret : il veut s'armer. Il cherche un pistolet six coups, ou mieux, un « Skorpio ».

Le Skorpio, plus précisément le « Skorpion vz. 61 », est un pistolet-mitrailleur que l'on ne trouve pas sur les étals des armureries classiques. C'est une vieille arme, un modèle qui date des années 1970, d'un autre monde, d'une autre époque, quand la Tchécoslovaquie fabriquait des armes comme la Suisse fabrique des horloges. Le genre de modèle que l'on voit au cinéma, dans *Matrix* où elle est tenue par Keanu Reeves, dans les jeux vidéo, comme *GTA*, dans des documentaires Arte sur la guerre de Yougoslavie ou, plus récemment, dans les mains d'Amédy Coulibaly lors de la prise d'otages de l'Hyper Cacher, en janvier 2015.

La police ne retrouvera jamais la preuve de cet achat.

Au rez-de-chaussée du Rochester, posé dans un canapé avec son journal, Philippe, renfort de la BFMP, est habillé en homme riche et distingué. Il analyse les va-et-vient. Un mec détonne. Philippe en fait la description, discrètement, dans le micro caché dans sa veste. « Un gars, élancé, type africain, avec un tee-shirt noir sur lequel on voit… Snoopy le chien qui fait du surf. Il vient d'entrer et de prendre l'ascenseur. »

Bavon est un ami d'enfance de Rayan, Ulysse et Emmanuel. Il a rejoint l'arnaque pendant l'été 2021, quand celle-ci est déjà bien lancée. Son rôle est crucial dans le développement du chiffre d'affaires : Bavon est celui qu'on appelle quand on a besoin de nouveaux comptes en banque. Il travaille de son côté où il convainc des jeunes sur Snapchat, Instagram ou WhatsApp, trois réseaux devenus le France Travail de l'argent facile. En contrepartie, il touche un pourcentage des sommes qui passent sur les comptes qu'il rapporte.

À cette période, Bavon voit régulièrement une fille, Kenza. Les deux ne savent pas trop s'ils sont en couple ou pas, mais il est assez important à ses yeux pour qu'elle s'inquiète pour lui. Quand elle lui demande ce qu'il fait quand il n'est pas avec elle, il lui répond qu'il ne faut pas qu'elle s'en fasse, qu'il est sur « un plan sûr ». Elle est conviée aux soirées où elle voit l'alcool à volonté, les filles et le cash qui vole. Ça l'amuse un peu. Ça l'effraie beaucoup. D'où viennent tous ces billets, bon sang. Bavon lui avoue que, c'est vrai, tout ça, c'est de l'argent sale qui vient d'une arnaque, une très grosse arnaque, avec des cartes bleues volées.

Il lui dit qu'elle aussi pourrait faire de l'argent très simplement, en ouvrant un compte sur Boursorama ou Fortuneo. Rien de plus. Elle toucherait un pourcentage qui multiplierait par cinq ou six son smic de boulangère. Kenza refuse, lui demande de promettre qu'il va se retirer de tout ça et qu'il ne verra plus ces types. Mais c'est trop tard ; Bavon est piqué à la dopamine. Il a un rôle, beaucoup d'argent et des potes. C'est comme ça qu'il se retrouve à débarquer en tee-shirt Snoopy, au Rochester.

Bavon a une bonne nouvelle. Aujourd'hui, il arrive avec neuf comptes Boursorama, ouverts par deux jeunes, qui devaient en être à leur coup d'essai. Ils ne toucheront que 100 euros chacun.

Ulysse et Rayan l'entendent mais sont concentrés sur autre chose. Pour multiplier leurs gains, ils achètent des paires de chaussures Balenciaga. « Pour les vendre, il faut les acheter par dix, dit Rayan. Attends pour rafaler. » Ils visent un modèle rare, les Track 2 à 700 euros la paire. Ils revendront tout ça à un certain Bilal qui tient un petit magasin dont la popularité a explosé pendant l'été, après avoir reçu la visite de Ninho et Gradur, deux rappeurs français très connus.

En bas, Philippe distingue encore du mouvement. Un nouvel individu, aperçu une première fois, est entré, sorti, et entré de nouveau. Il porte une doudoune fluo vert pomme et blanc. Il ressort dans la rue avec un sac à dos. Suzie enfile une écharpe, s'équipe d'une oreillette, sort de la camionnette et le suit. Il marche quelques centaines de mètres jusqu'à la boutique Apple des Champs-Élysées. Lui aussi s'appelle Mohamed.

Dans son livre *Les Moujiks*, dans lequel il raconte son immersion auprès des espions russes en France, le journaliste Romain Mielcarek fait face au même problème avec le prénom Sergueï. Il en rencontre quatre et, plutôt que de renommer les trois autres, il les appelle Sergueï 2, Sergueï 3 et Sergueï 4. Nous l'appellerons donc Mohamed 2.

Mohamed 2 est voisin de palier de Mohamed 1, dans le 20e. Il aurait dû être en terminale, mais il a lâché l'école à la fin de la première. Il travaille le matin avec un ami qui fait des remplacements de chaudières. L'après-midi, quand il peut, et souvent en soirée, il rejoint le groupe. Il a deux missions : la première, approvisionner les escrocs en téléphones. La seconde, réserver des appartements de luxe à son nom quand ses potes se lassent des hôtels.

Suzie pénètre dans l'Apple Store, s'approche de Mohamed 2 – jusqu'à un mètre – et prend discrètement des photos de lui. Un vendeur vient vers elle et lui demande si elle a besoin de conseils pour choisir un téléphone, une tablette ou une montre connectée. Elle ne dit mot et sort sa carte de police. Le vendeur s'excuse en chuchotant. Mohamed 2 est venu pour acheter de nouveaux modèles d'iPhone. Il alterne entre les neufs en boutique, pour la frime, et les vieux modèles, des iPhone 6, pour l'arnaque, qu'il négocie chez des petits vendeurs pakistanais.

Pendant les heures d'écoutes qui suivent, Fred et Suzie notent de longs moments de silence, des ouvertures de colis, des plaintes à propos de tee-shirts Givenchy trop courts qu'ils ne porteront qu'une fois, des achats de bitcoins, des liens pour s'acheter des Rolex, des réservations de carrés VIP en boîte de nuit, des ronflements, le matin, après des ébats sexuels en compagnie d'une prostituée brésilienne, mais aussi le visionnage de dessins animés, seul divertissement du dimanche en gueule de bois et, pour rythmer les longues minutes qui passent, ce bruit, ce bip, bip, bip, bip du code du coffre-fort de la chambre. Un coffre rempli de billets. Trop rempli, selon les escrocs, qui « dabent » – retirent en cash – environ 70 000 euros tous les deux jours.

Le samedi, en fin d'après-midi, Emmanuel pioche dans le coffre et annonce que ce soir, au Key, une boîte du 8e arrondissement, il ne dépensera pas beaucoup.

6 000 euros ou 7 000 euros. Pas plus.

12 septembre 2021

Le dimanche, c'est le jour des comptes et des plans d'investissement.

Ça fait plusieurs semaines qu'Emmanuel veut investir dans la pierre. Il lit quelques annonces à voix haute, des appartements en Angleterre. « Si on se fait péter ici, on s'en fout. Y a plus d'accord avec le Brexit, c'est plus l'Union européenne. Si t'achètes là-bas et que tu te fais arrêter ici, ils ne peuvent rien prendre, jure-t-il. Tout est à toi. » Il sait à quel point l'Angleterre est un bon plan : là-bas il est possible d'acheter un bien immobilier en bitcoins. Le Royaume-Uni n'exige pas que les transactions immobilières soient faites dans une monnaie spécifique.

En France, la loi (article L.112-1 du Code monétaire et financier) impose l'usage de l'euro pour toutes les transactions afin de faciliter la traçabilité des flux financiers et de lutter contre le blanchiment d'argent. Les professionnels concernés (banques, notaires, avocats, agents immobiliers) ont l'obligation de vérifier l'identité des clients et l'origine des fonds.

Le Royaume-Uni est plus souple. Direction l'Angleterre, donc.

Dans le groupe, Rayan est le seul qui parle anglais. Si bien qu'il essaye, de temps à autre, avec le décalage horaire, d'escroquer des personnes aux États-Unis. Sans résultat probant. Emmanuel lui montre deux annonces à Manchester. Une ville plus rentable que Londres, selon lui. Voici un appartement à 600 000 euros, un splendide penthouse qu'il mettrait en location. En voilà un autre à 300 000 euros. Celui-ci servirait de planque. « Dans celui à 300 000, on met une porte blindée, on met nos sapes, nos montres et notre argent. » Le tout serait surveillé par un gardien qu'il rémunérerait.

Il demande à Rayan d'appeler l'agence Beech Holdings, située au 60 Oxford Street à Manchester, afin de faire une première proposition.

À côté, tout paraît plus simple pour Mohamed. Pour s'acheter une villa à Marrakech, dit-il, un compte rebond suffit. Une connaissance lui a conseillé de passer par Manager One, une banque en ligne pour professionnels.

Des projets, des projets, et, soudainement, une prise de conscience.

Mohamed se tourne vers Emmanuel.

« C'est bizarre tout ça. Avec tout ce qu'on fait, on ne peut même pas investir ici. À côté, on n'a rien, alors qu'Ulysse, lui, il a ses petites sociétés. Rayan, il a un BTS et une licence. » Emmanuel augmente le son de la musique et chante un peu plus fort.

Dans l'autre chambre, Rayan ne se pose pas tant de questions. Ce qui le perturbe, c'est le fait d'être tous logés à l'hôtel, ça revient trop cher, il faudrait réduire les frais en se trouvant un appartement. Les gars ont besoin d'un bien assez grand, avec un nombre de chambres suffisant pour que tout le monde puisse faire sa vie. Emmanuel a une idée, un truc pas mal dans le 8e.

Rayan, Ulysse, Emmanuel et Mohamed quittent le Rochester le lundi 13 septembre.

À 11 h 41, la femme de ménage entre dans la chambre 205. Elle hallucine de l'état de la pièce. De la nourriture au pied du lit, du charbon à chicha sur la couette, des tickets de caisse tout autour de la poubelle. Elle saisit son téléphone et appelle sa responsable.

— Madame, ils ont laissé des… des trucs partout. Y a même des téléphones, des cartes…

— Surtout, ne touchez à rien. Sortez de cette chambre et ne touchez à rien.

Le caméléon se déplace avec précaution. Il s'arrête souvent pour évaluer son environnement et éviter les prédateurs.

Chapitre 8

La juge

Avril 2024, quatrième mois d'enquête

J'arrive devant une grande porte en bois qui donne sur la rue de Rivoli. Maître Guerr*, avocat de Charles, l'escroc de Madrid, m'attend dans son cabinet. C'est lui qui a fixé l'heure du rendez-vous. Je sonne, personne ne répond. Je l'appelle. « Ah, c'est vous. Ouais, entrez. Deuxième étage. J'ai pas trop le temps, en fait, je suis sur un autre truc là. Si, si, montez. »

Maître Guerr me salue à peine, fait le tour de sa table et ajuste son pantalon noir trop court. Il se pose dans son fauteuil en cuir à roulettes et passe son doigt dans ses cheveux courbés vers l'arrière. Comme ça, l'avocat a des airs de Jacques Villeret jeune. Il s'installe derrière son écran d'ordinateur, clique, clique, clique, prend sa tasse de café de la main droite et tape lentement sur son clavier. Le temps que je pose mon sac, il a l'air d'avoir déjà oublié ma présence.

— Je peux enregistrer ? je demande.

— Pas question non, je déteste ça.

— Prendre des notes, au moins ?

— Ouais, si vous voulez. Mais vous n'allez rien écrire.

— Pourquoi ?

— Parce que j'ai rien à vous dire.

— Alors pourquoi m'avoir fait venir ?

— Parce que vous m'avez téléphoné. J'ai accepté le rendez-vous, mais je n'ai pas dit que j'avais quelque chose à dire.

Plus il ressemble à Jacques Villeret, plus je comprends Thierry Lhermitte.

— Votre client, Charles, c'était un pote d'enfance d'Emmanuel, c'est ça ? je relance.

— C'est ça. Il a voulu rendre service. Il est parti chercher le bijou à Madrid qui avait été acheté avec l'argent de DSK, et voilà, il s'est retrouvé dans une merde noire.

— C'est quel genre de gars, Charles ?

— Quand je l'ai vu, il était plutôt marrant. Enfin, je le trouvais drôle. Il était livreur Deliveroo, à la base. Mais, à part ça, je ne peux pas vous dire grand-chose sur lui.

— Pourquoi ?

— Parce qu'il ne m'a pas payé, rien. Pas un euro.

— Un type qui traînait avec des gars qui ont fait des centaines de milliers d'euros, sûrement des millions, ne vous a pas réglé vos honoraires ?

— Voilà ! Et j'en sais rien, moi, de combien il s'est fait puisqu'il ne m'a rien dit sur sa vie. Le seul truc que je sais, c'est qu'il ne m'a pas payé, donc, logique, j'ai pas envie de parler de lui.

— Vous l'avez vu au moins ?

— Une fois, oui.

— C'était quand ?

— Lors de l'interrogatoire avec la juge d'instruction. Elle, c'était une vraie garce. Elle était détestable avec son ton inquisiteur, là, à dire à mon client, qui venait de perdre son grand-père au Cameroun, qu'elle ne le laisserait pas sortir du territoire pour aller à son enterrement s'il ne répondait pas à ses questions.

— Vous vous souvenez du nom de cette juge ?

— Bah, c'est la juge Fontange, vous ne l'avez pas encore vue ?

Je n'avais jamais entendu parler de madame Fontange. Je n'avais pas encore eu accès aux milliers de documents de la procédure. Ma seule référence était le jugement et, sur celui-ci, le nom écrit à côté de « juge d'instruction » était celui de madame Boyton. J'avais passé des semaines à chercher à la joindre, sans succès. L'avocat m'apprend que la juge Fontange a instruit tout le dossier, mais elle était enceinte au moment du procès, ce qui explique l'absence de son identité sur le jugement.

— Fontange, F-o-n-t-a-n-g-e ?

— Bah oui, comme on l'entend. C'est bon, vous avez fini avec vos questions ? J'ai rien à vous dire, j'ai du boulot.

En sortant, j'entre dans une brasserie vide, je commande un jus d'orange, un croissant, et, après quelques appels, je tombe sur la juge Fontange, Marine Fontange. Cet avocat n'avait pas *grand-chose* à dire, mais il l'a bien fait.

Marine Fontange est décrite comme « une magistrate remarquable » par les policiers, mais son humilité la pousse à réfuter ce genre de qualificatif. Elle se fait très discrète dans les médias. En tapant son nom sur Internet, vous tomberez sur cet article du *Figaro* : « Trafics, chantage, espionnage : les cyberjuges contre le Dark Web », où l'on voit la trentenaire, corps de profil, poser au milieu de la photo. À part ça, silence radio.

Elle grandit en banlieue parisienne où elle obtient son bac scientifique avant d'intégrer l'université Paris XII qui, comme son nom ne l'indique pas, se situe à Créteil. Elle étudie le droit européen en double cursus, puis intègre la Sorbonne en master 1 et Assas en master 2. Là-bas, elle méprise ceux qui méprisent sa fierté banlieusarde – ces riches étudiants qui pensent que la grandeur se mesure au nombre de rues qui séparent leur appartement du Panthéon –, puis intègre facilement l'École nationale de magistrature, à Bordeaux.

En sortant de là, en 2014, elle obtient le seul poste disponible à Paris, celui de juge placée auprès du premier président de la cour d'appel ; un poste qui consiste à effectuer des remplacements de magistrats partis en congé ou en stage. Marine Fontange y fait de l'instance, de l'application des peines et officie comme juge pour enfants, tout ce qu'elle voulait faire, dit-elle.

En 2016, le président du tribunal de Paris veut placer des jeunes magistrats sur des pôles spécialisés. Il propose à Marine Fontange le poste de juge d'instruction au pôle financier. Elle aurait pu lui répondre oui. Mais elle a demandé pourquoi.

Marine Fontange n'a jamais fait d'instruction. Dans ce pourquoi, il y a la surprise d'une proposition aussi prestigieuse, mais aussi un côté effrayant, car, à cette époque, le pôle financier est une machine médiatique portée par une légende de la magistrature nommée Renaud Van Ruymbeke.

L'affaire Clearstream, les frégates de Taïwan, l'affaire Kerviel, le volet financier de l'affaire Karachi, l'affaire Cahuzac et l'affaire Bygmalion, c'est Van Ruymbeke.

Lors de ses premières semaines au pôle financier, avant de découvrir l'amabilité de certains avocats, Marine Fontange fait face à un sérieux problème de perception de sa personne. Quand elle se déplace, du fait de son jeune âge, les avocats la prennent pour la greffière et prennent sa greffière pour la juge. Ça, c'était avant de se faire une réputation.

Quatre mois après son arrivée, Marine Fontange, 28 ans, se retrouve en cosaisine sur un dossier avec le fameux Renaud Van Ruymbeke. Elle apprend tout de lui. Sur les paradis fiscaux, sur les circuits de fonds opaques, sur les comptes bancaires cachés, sur le blanchiment ; globalement, sur les réseaux mis en place par des mafieux, banquiers, politiques ou escrocs. Fontange fête ses 30 ans en tant que juge respectée.

Elle passe six ans au pôle financier, et c'est lors de sa dernière année, un mardi soir, le 19 octobre 2021, qu'elle est saisie du dossier DSK. Elle a déjà travaillé, une fois, avec la BFMP et se souvient de l'efficacité, mais aussi de la bonne ambiance qui règne au sein de ce service.

Fontange suit la procédure classique et lance une commission rogatoire pour permettre aux enquêteurs de la BFMP de poursuivre leurs investigations. Elle demande un rendez-vous le lendemain à Fred Marigny au Bastion, le siège de la police judiciaire, situé à deux minutes à pied.

Fred sort la liste des P.-V. et résume les faits des dernières semaines.

« Après le Rochester, les escrocs ont déménagé au Damantin et à La Comtesse, deux hôtels luxueux du 8e arrondissement. On les a ensuite suivis sur trois locations d'appartements dans le 3e et le 8e. Ha, et, il y a trois jours, trois gars du groupe ont été contrôlés par la BAC à bord d'une grosse Mercedes sur les Champs. Les collègues se sont fait insulter par celui qui conduisait, Emmanuel. Pendant qu'il se faisait menotter, il leur a dit qu'ils devraient avoir honte de ce qu'ils faisaient. Il leur a ordonné de ne pas abîmer sa veste Dior car, au vu de leur travail, ils n'auraient pas les moyens de lui en payer une autre. Il a été placé en garde à vue et relâché. »

La juge Fontange réfléchit aux axes de la suite de l'enquête. « Ça bouge trop vite. On ne peut pas attendre six mois pour les taper. » Ça bouge vite, oui, mais toujours aux mêmes endroits. Quelques jours plus tard, le dimanche 24 octobre, les escrocs reprennent leurs quartiers au Rochester.

Une vie ruinée pour des sacs

En consultant le dossier de l'enquête, je tombe sur une lettre, sans doute la plus touchante de toutes celles qui l'entourent. Elle est écrite par une étudiante à destination de Marine Fontange.

> Madame la Juge,
>
> Je fais suite à votre avis de l'ouverture d'une information judiciaire relative à l'escroquerie dont j'ai été victime pour un montant de 16 000 euros.
>
> Étant étudiante, je ne suis pas en mesure d'assurer les honoraires d'un avocat. Je souhaiterais être tenue informée de l'évolution de cette affaire afin de me constituer partie civile.

J'essaye de la contacter.

Depuis le début de l'enquête, les victimes avec lesquelles je tente d'établir un contact réagissent de deux façons, au choix : au pire, elles prennent mon appel pour une nouvelle arnaque et m'envoient balader ; au mieux, elles me renvoient vers leur avocat.

Après une semaine de discussions avec son entourage, l'étudiante décide de me rappeler.

« Allez-y. Mais ne mettez que mon prénom. »

26 octobre 2021. Ce matin-là, Lou se lève vers 4 heures du matin. Après deux échecs en première année de médecine, elle s'est réorientée vers le paramédical, la manipulation radio. Un diplôme en trois ans, à Rodez, pour apprendre à réaliser des IRM et des scanners à l'hôpital.

Elle est envoyée en stage obligatoire de trois semaines en Ehpad pour être sensibilisée aux soins envers le patient. Ce mardi, c'est son deuxième jour. Elle démarre à 5 heures. Lou commence par assurer la toilette d'un monsieur, puis administre des médicaments à une dame et enchaîne les passages dans les chambres pour vérifier que tout se passe bien.

Elle reçoit un premier coup de fil de sa banque, la Caisse d'Épargne, qu'elle ignore ; pas le temps. Elle enchaîne avec une perfusion. Nouvel appel. Pas possible, c'est l'heure du repas. Lou rentre chez elle à 15 heures. Exténuée, malgré la force de ses 20 ans. Troisième appel de sa banque. Elle a enfin le temps de décrocher.

Baratin habituel : achats suspects chez Louis Vuitton avec sa carte, détails sur sa vie privée, manipulations sur son compte et augmentation du plafond de sa carte sans même lui demander ses codes. Lou valide un achat en pensant l'annuler. Au bout du fil, les escrocs prennent les 12 000 euros qu'elle avait sur son compte courant, son livret A et son livret jeune. Elle économisait pour s'acheter une voiture. Son indépendance à la campagne n'était plus très loin. Les escrocs l'achèvent : ils l'endettent à hauteur de 3 900 euros.

Lou rappelle le numéro et tombe sur sa vraie banque. La Caisse d'Épargne fait opposition et lui conseille d'aller porter plainte si elle veut, un jour, récupérer son argent. Elle part au commissariat le plus proche. Personne n'est là pour la recevoir. Elle revient le lendemain. Le policier ne croit pas à cette histoire. Il ne prend pas la plainte. « Qu'est-ce qui me prouve que c'est vrai ? » lance-t-il, avant de l'inviter à rentrer chez elle.

La gendarmerie du village de ses parents accepte de prendre la plainte trois jours plus tard.

Son père, d'ailleurs, la traite de pauvre conne. Elle lui explique tout : l'appel avec le bon numéro, les données sur elle, mais il ne veut rien savoir. « J'avais 4 000 euros de découvert sans rentrée d'argent. Je ne pouvais pas m'en sortir. Mes parents m'ont aidée à enlever mon découvert. Sinon, j'aurais été interdit bancaire et je me serais retrouvée à la rue. » Pendant trois ans, le moindre achat de nourriture ou d'essence la met dans le rouge.

Le jour où Lou perd tout son argent, la BFMP est en planque au Rochester.

Filature et tracker

Oscar cherche l'accès à la vidéosurveillance. Le patron de l'hôtel lui précise que son installation ne sera pas optimale. Les écrans se trouvent dans la *loggia*, une toute petite pièce de huit mètres carrés au rez-de-chaussée dans laquelle sont entassées les valises des clients qui le désirent.

Il y passe quatre jours, les fesses contre le carrelage, dans l'obscurité, à manger des pizzas froides et frissonner à chaque fois que l'hôtesse d'accueil ouvre cette foutue porte pour y déposer une nouvelle valise. Oscar a connu programme plus alléchant, mais sa position est stratégique.

Les premières heures s'étirent. Ce matin, Oscar voit un *groom* faire le service. Il entre dans la 203, la première chambre des escrocs : il y reste vingt, peut-être trente secondes et ressort. Juste derrière, les quatre escrocs le suivent. Comme un signal. Les policiers en sont convaincus : ils viennent de se faire balancer.

Une caméra filme Mohamed dans le couloir, les poches remplies d'argent. Une liasse de billets de 50 euros tombe de l'arrière de son jean. Il hésite à les ramasser, s'y résout et file dans l'ascenseur.

Fausse alerte : personne n'a grillé les enquêteurs. Emmanuel, Mohamed, Ulysse et Rayan se rendaient simplement à leur voiture. Elle est garée tout proche de là, rue de Courcelles.

Fred décide de lancer la filature. Philippe sort du hall de l'hôtel et les suit en restant à cinquante mètres. Il faut toujours qu'il les ait en visu, sans prendre de risque. On appelle ça le « premier rideau ». Il annonce la progression avec, souvent, le sentiment relativement pesant d'être dévisagé à chaque fois qu'une cible se retourne ou refait ses lacets.

Au bout de la rue de l'hôtel, le deuxième rideau prend le relais, à deux civils, toujours à pied. Ils marchent jusqu'à voir les quatre escrocs monter dans leur bolide. Une Mercedes-AMG GT 63, noire, plaque polonaise, aileron arrière, quatre pots d'échappement et vitres teintées, d'une valeur de 200 000 euros.

Le troisième rideau, c'est le chef, Fred, dans le fourgon banalisé, qui donne les ordres aux véhicules qui assureront la suite de la traque. Ce jour-là, la BFMP dispose d'un scooter et de deux voitures. Une 308 blanche et une Golf grise. Le scooter prend la tête.

Il suit la Mercedes et décrit tout en direct à Fred, qui a les yeux rivés sur la carte GPS. Les téléphones des escrocs sont sous géolocalisation, mais celle-ci est vague : elle indique leur position dans un rayon de cinq cents mètres. L'idéal serait de poser une balise sous leur voiture, qui serait précise au mètre près.

Les escrocs descendent la rue de Courcelles et tournent à droite, avenue Franklin Roosevelt. Au volant, Ulysse fait crier le moteur à chaque feu vert pour prendre un départ canon et faire brûler les plaquettes de frein trente mètres plus loin. La circulation est dense ; ça arrange bien Suzie, dans sa 308 blanche, qui se glisse facilement dans le trafic. Elle laisse toujours deux ou trois véhicules entre eux.

La Mercedes déboule sur les Champs-Élysées et remonte vers l'Arc de Triomphe à toute vitesse. Suzie les suit comme elle peut. Le bolide en remet une couche. Il y a, dans ces accélérations, autant de frime que de parano. En plein centre de l'avenue, les escrocs grillent un feu rouge et font demi-tour. Ils ont tout capté. Pour se débarrasser de la 308, ils disparaissent dans la station Total souterraine du milieu des Champs. Suzie est semée.

Elle demande à Chris de prendre la suite, avec la Golf. Il les retrouve à la sortie de la station. Les escrocs tournent à droite, avenue George-V, qui descend vers la Seine. Il les tient pendant cinq minutes et essaye d'éviter le jeu de regards proposé par Emmanuel dans le rétroviseur gauche. Derrière la Maison de la radio, la Mercedes tourne dans une petite rue vide. Chris s'y engouffre. Le bolide s'arrête.

Les quatre descendent, avec la ferme intention de péter la gueule à ce bâtard de braqueur. Ils n'ont pas la moindre idée qu'il s'agit là d'un policier en civil. Chris fait marche arrière et se barre, *in extremis.*

Leur trace est perdue.

La police les rebecte, deux heures plus tard.

Emmanuel, Mohamed, Ulysse et Rayan reviennent à l'hôtel. Ils sont partis récupérer des sacs Louis Vuitton achetés avec l'argent de Lou, l'étudiante.

Philippe, toujours dans le hall, prévient : c'est le moment d'aller poser une balise. Alex retourne rue de Courcelles. La Mercedes est garée au même endroit. Le soleil vient de se coucher.

Il s'approche du véhicule et regarde autour de lui. Personne. Il se glisse sous la voiture. Le dos collé au sol, il cherche un endroit pour installer le *tracker.* Une vraie galère ; le boîtier ne s'accroche pas. Il essaye dix centimètres un peu plus sur la droite. L'objet tombe encore. Au-dessus de la roue, peut-être ?

— Alex, c'est Oscar. Fais gaffe… Y a du mouvement à l'hôtel.

— Qu'est-ce qu'il se passe ?

— Putain, bouge. T'es grillé. Dégage, vite. Sur les caméras de surveillance, je viens de voir les types débouler dans les escaliers.

— Ils ont dit un truc ? demande-t-il en procédant à une ultime tentative d'attache.

— Ils viennent de gueuler : « Il est où cet enculé ? On va se le faire ! » Vraiment, bouge de là ! T'as pas trente secondes avant qu'ils arrivent dans ta rue !

La Mercedes est équipée d'une technologie que les policiers ne soupçonnent pas. Lorsque la voiture est arrêtée, la présence d'un individu stagnant quelques secondes à moins d'un mètre déclenche une alarme silencieuse avec captation vidéo sur le téléphone du propriétaire.

— Cache-toi, vite. J'ai l'impression qu'ils connaissent ta tête.

— C'est bon, c'est bon. Un mec est sorti de chez lui, j'ai mis mon pied pour retenir la porte et je suis entré dans son hall d'immeuble. Je les ai vus arriver. Ça s'est joué à rien.

Alex prévient le groupe d'enquête sur WhatsApp.

« Tentative de balisage de la Merco. Pas de failles.

On fera intervenir la CAT. Avec Oscar, on rentre au service.

On lâche l'affaire pour aujourd'hui. Ne vous rendez pas au Rochester.

Après le contrôle de la BAC, la filature et la bagnole qui bipe, il faut être précautionneux. Ils ont déjà annoncé qu'ils resteraient une nuit de plus au Rochester.

À demain. »

Le soir, Mohamed fête ses 22 ans au Boum Boum, une boîte de nuit proche de l'Arc de Triomphe. Le groupe s'affiche en story sur Instagram : showcase d'un rappeur américain, shots de vodka rouge et zoom sur leurs poignets. Chacun a le même bracelet, de marque Fred, à plus de 6 000 euros l'unité. L'un en bleu électrique, un autre en rouge, et plusieurs couleur argent.

Une femme, manteau en cuir et décolleté plongeant, est portée sur un siège par des employés en chemise blanche. Elle dépose une bouteille de champagne en or sur la table, dont les bougies crépitantes créent un halo de lumière révélant le visage des filles qui leur tiennent compagnie, cheveux lisses et jupes collantes.

Pendant ce temps, la CAT installe un *tracker* sous la voiture sans déclencher la moindre alarme.

En début d'après-midi, les escrocs quittent le Rochester et repartent en Mercedes. Dans leurs poubelles, les policiers retrouvent trois cartes Revolut, issues de comptes rebonds ouverts sous de fausses identités. L'analyse de l'une d'entre elles montre des transits d'argent à hauteur de 200 000 euros.

Il aura fallu deux mois pour réussir à baliser cette voiture. Tout devrait être plus simple, désormais, pour les enquêteurs qui commencent à fatiguer de ces longues journées d'attente.

Mais, le lendemain, une alerte bouleverse l'enquête.

Alex vient de rentrer chez lui. Il est 22 heures quand son téléphone professionnel bipe. Une notification de l'application de *tracking* : la Mercedes sort de Paris.

Elle est en train de prendre le périphérique, direction nord-ouest. Il prévient le groupe.

Ce qui est étrange, relève Suzie, c'est que tous leurs portables sont géolocalisés dans le centre de la capitale. Sauf celui de Rayan, qui suit le déplacement de la grosse cylindrée.

La police envisage la piste la plus intéressante : celle du butin. Où cachent-ils tous ces sacs, ces bijoux, ces vêtements, ces chaussures de luxe, ces téléphones, ces montres, ces colis, et tout ce flux d'argent liquide qui ne cesse d'augmenter chaque semaine, alors qu'ils ne laissent que des débris de leur passage dans leurs chambres ?

Alex repart au bureau et s'élance seul, dans la nuit, à la poursuite de la Mercedes, déjà loin sur l'autoroute A15. Le temps qu'il monte dans sa voiture banalisée, la leur s'est arrêtée. Elle borne à Saint-Ouen-l'Aumône, en banlieue lointaine, dans le 95. Le policier se rapproche de la cible, immobile depuis vingt minutes.

Alex se gare à l'arrière d'une zone commerciale déserte et fait les cent derniers mètres à pied. Il découvre un entrepôt, des vieux préfabriqués qui agonisent sur un terrain vague, entouré de grillages éclairés par des mauvais néons qui clignotent. À l'entrée, deux golgoths de deux mètres gardent ce qui a tout l'air d'un local commercial qu'ils loueraient pour y disposer leur trésor. Il distingue, là-bas, la Mercedes-AMG, noire, plaque polonaise. Il entend un bulldog, *un putain de bulldog* qui aboie en sa direction. Les gardiens ne le calculent pas. Pendant ces quelques secondes d'inattention, l'idée de flinguer le chien lui traverse l'esprit. Mais il se ravise.

Il prend quelques photos et regagne discrètement son véhicule. Plus tard, la police municipale de Saint-Ouen-l'Aumône apprendra à la BFMP que ce local n'était qu'une société foireuse de locations de voitures.

Le butin n'est pas là-bas et la balise ne sert plus à rien : les escrocs ont simplement changé de véhicule.

Chapitre 9

McDonald's au Shangri-La

8 novembre 2021

« Ce jour-là, j'étais crevé, se rappelle Oscar. Ça faisait une semaine qu'on avait perdu leur trace et deux mois qu'on travaillait sur cette enquête. Je partais de chez moi chaque matin à 8 heures et je rentrais à minuit ; j'étais malade comme un chien. Je profitais de ce temps d'accalmie pour revoir mes parents. Je n'avais plus le temps d'aller leur rendre visite alors ils sont venus à moi, à Paris. Ce 8 novembre, j'avais une journée tranquille. Ma seule mission du jour était d'aller chercher un véhicule neuf que l'on venait d'avoir au travail. Une Opel Astra. Sur le retour, j'ai récupéré mes parents à la gare. On s'est installés dans un restaurant dans mon quartier. On venait de commander quand Fred m'a appelé pour me dire : rapplique, on les a retrouvés. »

Pour Miami, tout était prêt.

Emmanuel avait rempli une demande ESTA le 30 septembre.

Le groupe devait partir dans quelques jours pour *travailler* là-bas, mais les restrictions sanitaires sur le sol américain les avaient contraints à rester à Paris.

Alors, tant qu'à faire, autant s'installer au Shangri-La.

Je découvre, de nuit, l'intérieur de ce palace grâce à l'amabilité du vigile qui, croyant que je suis en repérage pour une potentielle location d'un salon pour un sommet entre grands dirigeants qui doit rester secret, me laisse entrer. Il me prévient : les photos sont interdites.

En poussant la porte du hall, on entre dans une autre époque, un autre monde. C'est une mise en scène où chaque détail semble choisi pour rappeler une grandeur révolue. Nous sommes dans l'ancienne demeure de Roland Bonaparte, petit-neveu de Napoléon 1er. Tout, ici, raconte cette histoire ; celle d'un prince scientifique qui, faute d'empire, s'est fait bâtisseur de palais.

Le rez-de-chaussée est un véritable écrin de raffinement et d'élégance. Le hall accueille les invités avec un plafond orné de moulures dorées, des lustres en cristal étincelants et des colonnes de marbre qui rappellent l'architecture noble du XIXe siècle. Les tapis au sol ajoutent une touche de chaleur, de sophistication. On devine un mélange de senteurs du Moyen-Orient, d'ambre ou de safran, quelque chose comme ça.

De petits escaliers mènent aux trois salons historiques. J'y entends des entrepreneurs en négociation, de jeunes et riches amants se draguer en anglais. Des œuvres d'art authentiques habillent les murs au-dessus de fauteuils en cuir noir à peine perceptibles dans cette obscurité qui invite à la détente, à fermer les yeux et à écouter cette douce musique de jazz qui passe en fond.

Je me souviens soudain des images de vidéosurveillance qui montrent un ami du groupe venu profiter du palace. On le voit dans un ascenseur, la tête entourée d'un masque de ski de marque Celine porté sur le côté et des moonboots au pied. Le logiciel de reconnaissance faciale utilisé par la police l'identifiera comme Amou, un pote de Mohamed, originaire de Barbès, qui commence à faire son trou dans la musique. Il ne déclare rien de ses activités, mais le rappeur qu'il manage, Gazo, est sur la route de la gloire.

Le vigile me raccompagne. Il me laisse le soin d'apprécier le prix des chambres, entre 2 000 euros et 30 000 euros la nuit en fonction de la vue ou non sur la tour Eiffel, et me dit qu'il espère me revoir très bientôt dans l'établissement.

Les escrocs s'y installent du 28 octobre au 17 novembre 2021.

La BFMP apprend leur présence grâce au membre d'un groupe WhatsApp où tous les responsables de sécurité des palaces parisiens communiquent.

Oscar et Fred arrivent en Opel Astra.

— Mets-toi un peu plus haut, dit Fred à Oscar.

— Où ?

— Tu vois la Mercedes grise là-bas ? La plaque allemande.

— Yes.

— Faut qu'on sache si c'est la leur. Si y a une alarme dessus, ils sortiront, comme la dernière fois.

— Et si c'est pas la leur ? Elle vaut au moins 100 000 balles cette caisse.

— Vas-y, je te dis. Fais-nous un bon créneau à la niçoise.

L'Opel tamponne la grosse Mercedes, qui ne sonne pas.

— Bah ouais mais t'es arrivé trop lentement aussi. Vas-y plus fort.

— Je te rappelle que notre voiture est neuve aussi !

— Mais ça, on s'en fout ! Tape !

Toujours rien. Et pas la moindre personne qui sort du palace.

— Merde. C'est peut-être pas la leur, en fait.

Pour en avoir le cœur net, Fred se présente au voiturier du palace. Un mec élancé, classe dans son costume trois-pièces, qui lui fait comprendre, d'un regard, que les types qu'il cherche sont bien là et que cette Merco est bien la leur. Le soir même, quand les escrocs reviennent d'une énième virée chez Prada, le voiturier, de mèche avec la police, confie le véhicule à la cellule d'assistance technique de la police judiciaire qui y installe une nouvelle balise.

En dix jours, Emmanuel, Mohamed, Ulysse, Rayan et trois de leurs potes dépensent 60 000 euros en cash. Ils profitent de la piscine dans laquelle ils font des saltos là où les clients font des longueurs. Contre 10 euros, ils se font livrer leurs canettes de Coca dans leur piaule.

Au restaurant, ils aiment commander des côtes de bœuf à 150 euros, mais, dans ce milieu qui n'est pas le leur, leurs habitudes reviennent au galop. Un soir de surveillance, Fred aperçoit un livreur au scooter cassé se garer devant le palace. Il attend dix minutes dans le froid.

Le groupe débarque en peignoir et chaussons brodés de marque. Pas de resto ce soir. Ils récupèrent leur commande McDonald's qu'ils boufferont entre deux appels.

Ils quittent le Shangri-La le 17 novembre, après vingt nuits, laissant derrière eux une écharpe bleue Louis Vuitton comme on oublie un chargeur.

Finies les vacances. L'argent des Français n'attend pas.

Le caméléon n'a pas de nid, mais il a des zones favorites dans lesquelles il revient régulièrement chasser et dormir.

Chapitre 10

Le mystère du butin

Lundi 22 novembre 2021

11 h 30

« J'arrive. » Marine Fontange raccroche. Elle prend ses clés, ferme son sac, quitte son bureau et sort du tribunal.

Fred vient de l'informer que, sauf retournement de situation, l'interpellation se fera aujourd'hui.

Les escrocs ont quitté le 16e arrondissement pour revenir dans le 8e. Ils ont garé leur Mercedes grise devant un commissariat ; comme ça, personne n'y touchera.

Ni Fred, ni Alex, ni personne, d'ailleurs, n'ont idée de l'hôtel dans lequel ils se trouvent. Suzie n'essuie que des retours négatifs des hôtels dans lesquels elle fait du porte-à-porte. Et puis, un appel d'Oscar : « Je suis passé par des agences de location. Je sais où ils sont. »

5 rue du Boccador. Cent cinquante et un mètres carrés, quatre mètres de hauteur de plafond, un luxe un peu absurde à 30 000 euros par mois. Une somme banale dans ce quartier où l'argent ne se compte plus vraiment. Quand vous entrez, vous êtes dans la salle à manger, une pièce trop grande pour être vraie. À gauche, la cuisine sort d'un catalogue de design scandinave, chaque meuble coûte plusieurs milliers d'euros. En face, il y a cet immense salon,

froid, trop éclairé, qui touche un autre salon, plus petit, avec ces grandes fenêtres qui donnent sur la rue et ce balcon en pierre, un truc théâtral. Le couloir du fond mène aux chambres, il y en a quatre, chacune dispose de sa propre salle de bains et d'une cheminée.

Les gars sont là depuis cinq jours. Ils ont posé leurs ordinateurs dans ce salon fait pour accueillir de grands dîners mondains ; ils ont pris possession des lieux à leur manière. Le jour, c'est arnaque. Le soir, c'est poker en ligne, seul moment où l'issue, celle de plumer son vis-à-vis, est incertaine. Ils jouent, ils fument, ils sortent et recommencent. Les pauses clopes au balcon sont rares et rapides. Aucune envie de se faire griller comme ça, et en plus, ça caille. Le groupe vit comme vivent les reclus, en version dorée ; tout est possible, propre, lisse, un peu plus irréel chaque jour, et tout ça tient tant qu'ils ne sont pas vus. Des fantômes avec des liasses.

La rue en face, perpendiculaire, c'est la rue Chambiges. Au bout, sur le trottoir de gauche, se trouve le West-End, un quatre étoiles qui accepte de prêter une chambre à Fred et à la juge Fontange pour faire de l'observation. Depuis celle-ci, ils n'ont plus qu'à tourner la tête sur la droite pour avoir vue sur ce balcon de pierre aux rideaux fermés.

L'entrée du bâtiment est gardée par deux vigiles.

Fred demande à Suzie de sortir du soum garé juste à côté de l'entrée pour vérifier combien de gars sont à l'intérieur. Elle met son écharpe, se vêt d'un long manteau de mamie et prend un sac de courses. Elle passe l'entrée, dit bonjour aux deux gaillards et prend le premier escalier à droite. La fausse mamie monte doucement et tend l'oreille. Suzie entend des rires. Ils sont au moins trois, dit-elle.

— On sait qui c'est ? demande la juge à Fred.

— Aucune idée. On voit là qu'Ulysse et Emmanuel bornent ailleurs, dans le 14e. D'autres bornent pas loin, mais avec cette mauvaise géolocalisation, on ne peut pas savoir s'ils sont à l'intérieur ou dans le coin. Faut attendre.

Alex cherche un point d'observation dans la rue. Il toque dans l'immeuble en face et tombe sur une petite gardienne, une *bignole*, comme les flics les appellent. Elle comprend l'urgence et interpelle un papi qui s'apprête à sortir.

— Bonjour monsieur, Alex Malfo, officier de police judiciaire. Madame m'a dit que vous habitiez ici.

— J'habite au premier, oui, c'est pour ?

— On traque des escrocs dans cette rue. J'ai besoin d'avoir un accès visuel direct sur leur appartement qui est en face du vôtre.

Le vieil homme réfléchit un instant, comme un général en plein déploiement. Puis, sans ciller, propose.

— Je peux vous aider. J'ai plusieurs appartements dans l'immeuble.

Cet homme, aux traits marqués, a 80, peut-être 90 ans, et semble avoir vécu mille vies. Il est ancien lieutenant-colonel de l'armée libanaise, c'est un exilé, visiblement très riche.

— Vous avez besoin d'un coin pour vos snipers ?

La proposition a le poids de l'expérience. Alex sourit.

— Non, ça ira, merci. Pas besoin de sniper aujourd'hui.

Le Libanais le regarde et doute, comme si le policier venait de refuser un cadeau rare. Parce que lui, pendant la guerre contre le Hezbollah dans les années 1980, dès qu'il identifiait des ennemis dans un immeuble, il nettoyait tout ça en balançant les gens par la fenêtre. Alex le remercie, lui serre la main et s'éclipse sans attendre. « Et mes appartements ? Vous ne voulez pas de mon aide ? » L'enquêteur s'installe dans l'immeuble voisin, pour échapper aux questions embarrassantes du Libanais.

Midi

La BFMP, dans son entièreté, est mobilisée sur le terrain. Toute l'arrière-garde, ceux qui travaillent à remonter les circuits entre les différents comptes des escrocs, tous ont quitté le service pour troquer l'ordinateur et le clavier contre un pare-balles, un casque, un flingue et un bouclier. Ils sont une trentaine à patienter dans des camions garés dans la rue parallèle.

Dans cette longue attente, ils se refilent les bons plans bouffe par texto. « Rue Clément-Marot, une épicerie espagnole fait des sandwichs avec du serrano à 6 euros. » « Est-ce que la première vague de restauration est passée ? Que la deuxième puisse y aller. »

La veille, tous ont reçu le plan de l'appartement des escrocs qu'Oscar avait récupéré auprès de l'agence Sweet in Paris. Il avait mis en évidence les entrées et les fenêtres par lesquelles ils pourraient tenter de s'enfuir.

17 h 10

Fred voit que les téléphones se rapprochent du 8e. Planqué dans la rue, Philippe guette l'arrivée d'un VTC qui dépose une personne. « Pas réussi à voir qui c'est, glisse-t-il dans son micro. Il était caché par sa capuche noire. » Un autre débarque. Puis un troisième.

La nuit vient de tomber. Au deuxième étage, le rideau bouge. La fenêtre s'ouvre et un type sort un briquet et une clope. Tous les flics en observation confirment à la juge : c'est bien Emmanuel. Marine Fontange ordonne ; s'il est là et qu'on en compte au moins cinq avec lui, on lance l'interpellation.

Fred prévient la trentaine de collègues dans les camions. Ils clipsent leur pistolet, placent leur casque et saisissent leur bouclier. Ils longent le pâté de maisons et pénètrent dans l'escalier. Oscar est le premier de cette colonne. Une chenille humaine qui s'étend du rez-de-chaussée au deuxième étage. Fred et la juge ferment la marche.

Oscar prend la clé qu'il avait récupérée la veille. À l'intérieur, ça rigole toujours. Chaque policier connaît son rôle par cœur : le groupe se séparera en deux. Le premier passera tout droit par la salle à manger et filera dans les chambres du fond. Le second passera par le salon, à gauche. Oscar insère délicatement la clé dans la serrure.

En quelques secondes, cinq jeunes hommes sont plaqués au sol et menottés. Ulysse, Mohamed, Rayan, mais aussi Amou, le manager de rappeurs qui leur ouvrait des comptes, et Kévin, un pote qui traînait par là. Un seul manque à l'appel. Emmanuel. Comment a-t-il pu s'échapper, s'interroge la juge, comment a-t-il pu nous filer entre les doigts ? La police vérifie les fenêtres : toutes fermées, sauf celle du balcon.

Commence la perquisition. Alex entre dans la dernière chambre. Comme d'habitude, des sacs, des pompes, des vestes, des billets.

Et puis une main. Une main qui dépasse. Sous le lit.

Un renfort l'aide à le retourner.

Apparaît Emmanuel, les yeux fermés.

« Je dormais », lâche-t-il, sourire en coin.

Bras dans le dos, menottes clippées, Emmanuel annonce d'une voix ferme qu'il ne parlera qu'à la juge. Ça tombe bien, répond Alex, elle est là. « Quelque chose à me dire ? » Mitch se taira.

À la porte, ça toque. Trois fois.

Tout le monde se tait. Oscar s'approche doucement. Emmanuel a peut-être appelé du soutien. Des types armés, qui sait. Oscar met la main sur son flingue et regarde dans l'œilleton. Il ouvre la porte, chope le suspect par le col et le balance au sol.

C'est juste Mohamed 2.

Il était parti chercher des téléphones pour réapprovisionner le groupe et n'avait pas la moindre idée qu'une trentaine de flics l'attendraient là. Même scène, deux minutes plus tard, avec Lassa, un petit dealer de cannabis. Les voilà à huit, assis contre le mur.

Dans le même temps, Bavon est arrêté chez sa mère. Sa copine Kenza également, tout comme Régis, un type de Neuilly, dernière recrue du groupe qui leur ouvrait aussi des comptes en banque.

Fred supervise la perquisition et visite les lieux. La cuisine américaine, qui n'avait de cuisine que le nom, est un dépotoir. Impossible d'accéder à l'évier tant le sol est rempli de sacs-poubelle débordants. Au sol, des larves finissent les restes d'une carcasse de volaille. L'odeur se situe entre l'huile de friture et la station d'épuration.

Les enquêteurs fouillent tout l'appartement. Chaque pièce à conviction est saisie et déposée dans le salon. Ils font quatre tas ; un par chambre.

Vingt-trois iPhone noirs. Un iPhone bleu. Un iPhone blanc. Un Alcatel à l'écran brisé. Deux Rolex, estimées à 35 000 euros chacune. Une gourmette en or. Un MacBook Pro. Des dizaines de milliers d'euros en liasses trouvées dans les placards, dans les tiroirs et même dans une salle de bains. Des tee-shirts, des K-way, des doudounes, des jeans, de chez Dior, Dolce & Gabbana, Cartier, Givenchy, Burberry, Balmain, Armani et Hermès. Quatre sacs Louis Vuitton. Même modèle, mais couleur différente : un rouge, un vert, un bleu, un jaune. Pour le kif.

Pas d'iPhone rouge magique.

Mais cinq tickets gagnants PMU.

Quatre de 500 euros, un de 485 euros.

La prise matérielle se poursuit pendant les perquisitions chez les familles des prévenus. Chez les parents d'Ulysse, Alex retrouve 33 000 euros en cash, une Rolex et des papiers confirmant l'achat d'un appartement à Dubaï, au nom de son frère, d'une valeur de 178 362 euros, payés en partie en cryptomonnaie.

Au domicile familial de Bavon, on retrouve, au milieu de tee-shirts Dior, Balenciaga, le tee-shirt Snoopy qui fait du surf.

La police enchaîne chez le père de Rayan, puis dans le 14e, porte d'Orléans, chez la mère d'Emmanuel. Suzie et Fred toquent : personne ne répond. Ils demandent à deux voisins de venir en témoins. Ils cassent la porte et découvrent, sur un petit meuble où se bagarrent trois Post-it et deux stylos sans encre, un boîtier rouge, portant le sceau Cartier, qui contient un bracelet gravé « *Love* ».

Celui-là même, dont Dominique Strauss-Kahn a validé la transaction sans le savoir.

Malgré cette preuve accablante, le jugement indique qu'Emmanuel s'est obstiné à affirmer que les enquêteurs n'avaient pas pu trouver le bracelet au domicile de sa mère, suggérant qu'ils l'avaient placé là lors de la perquisition effectuée en son absence.

Chiens lâchés, appartement retourné

En garde à vue, les prévenus sont détendus.

Devant les gardiens de la paix, au siège de la PJ parisienne, ils affichent un grand sourire et font des signes de gangs auxquels ils n'appartiendront jamais. « De toute façon, on s'en fout les gars. Même si on tombe, on est millionnaires. »

Les enquêteurs profitent généralement de la première audition en garde à vue pour poser des questions assez larges. Emmanuel est interrogé par Suzie. Convaincu que la police n'a rien sur son cas, il choisit de répondre sans l'aide de son avocat. Pour commencer, Suzie lui demande de rappeler les conditions dans lesquelles il vient d'être interpellé.

— Moi, je dormais. Vous avez brisé la porte et vous m'avez pris comme un colis.

— Qui se trouvait dans l'appartement ?

— Je ne sais pas. Je suis un consommateur de cannabis, je ne me souviens pas de tout.

— Comment avez-vous connu les personnes interpellées avec vous ?

— Ça fait un bon moment qu'on se connaît. On est de vieux amis.

— Qui a loué cet appartement ?

— Aucune idée, répond-il. On m'invite, alors je viens dormir.

— Êtes-vous parti à l'étranger cette année ?

— Je suis allé au Maroc à Marrakech, et en Espagne à Barcelone, à Madrid, à Gérone, à Malaga et à Marbella.

— Et comment financez-vous ces voyages ?

— Cette année, j'ai gagné plus de 25 000 euros en pariant sur des matchs de basket en NBA. J'ai mis 10 000 euros sur le compte de ma mère, pour qu'elle me les garde, et j'ai dépensé les 15 000 euros restants. Une fois l'argent dépensé, j'ai pris l'argent posé sur le compte de ma mère et je l'ai utilisé, vu que je n'ai pas de revenus.

— Connaissez-vous le secteur bancaire ?

— Pas particulièrement, à part peut-être le fait que je sache faire un crédit.

Lors de sa deuxième audition, il sera moins bavard. Sur le Dark Web, les hôtels, Marbella, le Shangri-La, les escroqueries, le Skorpio, Miami et les cryptomonnaies, il ne dira mot.

Il fera valoir son droit au silence seize fois.

Mohamed quinze fois.

Rayan quarante-cinq fois.

Ulysse cinquante-neuf fois.

Un seul parlera. Bavon, l'homme au tee-shirt Snoopy. Après avoir tenu un discours rempli de trivialités, il demande, le lendemain, une nouvelle audition. Sans cet avocat commis d'office qui l'inspire peu. Là, il avoue avoir participé à cette arnaque et fout en l'air le plan de communication des autres.

Dans la journée, Fred appelle la juge.

— Un interrogé vient de balancer mais veut rester anonyme. Il dit connaître l'endroit où ils planquent l'argent depuis le début.

— C'est où ?

— À Chartres. Chez la tante d'Emmanuel.

— Foncez.

Deux voitures partent de la PJ. Une heure vingt de route. Oscar demande du renfort sur place. La police de Chartres envoie des hommes et deux chiens renifleurs d'argent. Ils arrivent tous ensemble au pied d'un bloc de béton de six étages.

Les chiens sont lâchés. L'appartement retourné. La tante, infirmière au CHU de Chartres, est sous le choc. Elle jure qu'il n'y a rien ici, qu'elle ne voit jamais Emmanuel – elle n'a même pas son téléphone, leur prouve-t-elle en faisant défiler son répertoire. Elle a parfois des nouvelles de sa mère, c'est tout.

— C'est quand la dernière fois que vous l'avez vu ? demande Alex.

— Au mariage de sa grande sœur, mi-septembre, en région parisienne.

— Votre neveu vous a-t-il remis des sommes d'argent en liquide, par virement ou autre ?

— Jamais.

— Vous a-t-il demandé conserver des objets ou des paquets dont vous ne connaissiez pas le contenu ?

— Je vous répète que je ne suis pas en contact avec lui !

Nouveau coup de fil de Fred à la juge. « On n'a rien trouvé. On vient d'apprendre qu'il avait une deuxième tante à Chartres. » À quelques centaines de mètres, dans une autre tour.

L'entrée, le couloir, les deux lits superposés, les trois lits du fond, tous les placards sont analysés, scrutés, tâtés pendant une heure. Toujours rien.

Sur le retour, Fred et Oscar s'interrogent sur la sincérité de ce témoignage. Faisait-il, lui aussi, partie de leur plan ?

Leur planque, dans laquelle plusieurs potentiels millions dorment toujours, ne sera jamais retrouvée par la police.

C'est encore, à ce jour, le plus gros regret de la juge et de la police dans cette affaire.

En prison, nouveaux soupçons

Emmanuel et Mohamed sont envoyés en détention provisoire à Fleury-Mérogis. Ils s'y croisent régulièrement en balade. Rayan est à Villepinte, Amou à Meaux et Bavon à Osny.

Bavon vit un enfer. Il a échangé le poulet du dimanche en famille contre une cohabitation douloureuse avec ses codétenus. Il a fait une erreur, là-bas ; quand on lui a demandé d'où il venait, Bavon a répondu Paris. « Paris même ? Oui, Paris même. » Pour cette réponse, les détenus, qui venaient presque tous du 95, l'ont harcelé et menacé. Il n'allait plus en promenade. Il a atteint le point d'orgue de son mal-être un matin où son voisin a mis le feu à sa cellule. Bavon est resté trois heures dans la fumée, sans secours.

Le prévenu, choqué, raconte tout cela à la juge en sortie de détention. Il sera le seul à faire preuve, devant elle, d'une sincère remise en question.

En parallèle, Marine Fontange ordonne la perquisition des deux cellules de Mohamed et Emmanuel à Fleury. Deux téléphones sont retrouvés dans la cellule de Mohamed : un dans la bouche d'aération de la douche, un autre dans son caleçon. Emmanuel a, lui aussi, réussi à se faire livrer des téléphones. Il est fortement soupçonné par les policiers d'avoir continué cette escroquerie depuis la prison.

Amou, lui, dit qu'il répondra à toutes les questions pour éviter la prison. Encore aurait-il fallu qu'il se présente à la confrontation que Marine Fontange organise le 28 juin 2022. Amou lui fait parvenir un certificat médical sur lequel il justifie son absence par un « ongle incarné ».

La juge, surprise du motif, demande à faire authentifier le document. Le médecin signataire, contacté, assure qu'on lui a volé un ordonnancier. Le certificat est faux ; Amou l'a acheté sur Snapchat. La BFMP et la BAC du 93 s'allient pour le retrouver. Il sera interpellé une semaine plus tard dans un hôtel miteux de Garges-lès-Gonesse aux côtés de sa copine.

La juge Fontange organise les interrogatoires. La plupart se passent mal. Pas de nouvelles informations et des attitudes qui la choquent. « Lors d'une confrontation, j'exclus Mohamed de la pièce. Son avocate rigole. J'étais à deux doigts de l'exclure, elle aussi. »

Emmanuel, lui, n'est à aucun moment impressionné. La détention ne lui fait pas peur. Il provoque la juge et la prend de haut. « Il se disait : je vous laisse faire votre baratin, vous allez me condamner, mais je m'en fous. Quand je sors, j'ai ma petite mine d'or qui m'attend. Il compte sur son petit casier et sa jeunesse pour prendre une petite peine. »

Mais, lors du procès, Emmanuel va payer son comportement.

Chapitre 11

Premier procès

En novembre 2024, Fred, Alex et Oscar participent à une conférence de prévention chez L'Oréal sur les risques de fraude, comme ils en ont l'habitude. Après leur intervention, les policiers partagent un toast avec les employés quand un homme s'approche d'Alex. Il se présente comme un stagiaire chez L'Oréal et étudiant en école de commerce. Un détail interpelle Alex : le prétendu stagiaire n'a pas de badge.

Le jeune sort son téléphone et ouvre sa galerie photo. « Vous connaissez ? Et lui, vous le connaissez ? Et cet endroit ? » Bien sûr qu'Alex reconnaît Emmanuel, Rayan et Mohamed à ses côtés en boîte de nuit. « Vous savez, avec DSK, ils n'ont pas du tout fait autant d'argent que ce que vous dites », dit-il, avant de disparaître entre les verres de jus de fruits et les poignées de mains. Fred et Alex s'interrogent sur cette intervention mais ne peuvent rien faire. L'individu n'avait aucune question à poser. Il est juste venu frimer.

Cependant, sa remarque soulève une question importante : quel est le butin réel de ces mois d'escroquerie ?

Ce sera tout l'enjeu du procès. Le premier jamais tenu pour un groupe de faux conseillers bancaires.

L'enquête policière a duré quatre mois, donc seize semaines. En estimant que les quatre membres principaux disent vrai sur les écoutes, en ramenant la moyenne à 150 000 euros par semaine et par tête, leur chiffre d'affaires aurait atteint, sur cette période, les 9,6 millions d'euros.

Lors du procès, l'écart entre ce résultat et ce qui a pu être prouvé par la justice est abyssal.

Les audiences se tiennent au tribunal judiciaire de Paris de mars à avril 2023, les mercredis et jeudis.

L'estimation du préjudice total causé par Emmanuel, les deux Mohamed, Rayan, Ulysse, Amou, Charles et Régis ne cesse de baisser. Les banques interrogées par la police donnent le chiffre de 2,3 millions d'euros. Qu'en dira la justice ?

Environ 700 victimes ont été recensées et 150 se sont portées partie civile.

Parmi elles, Lou, l'étudiante de Rodez qui a perdu 16 000 euros. Elle n'a pas pu venir au procès. Toujours en études en 2023, Lou vit difficilement. Elle ne fait pas les courses comme elle le voudrait. Son compte flirte avec le zéro et les moins. Ses parents s'emploient pour le remettre à flot chaque semaine, au moins le temps qu'elle termine ses études. Alors, dépenser 200 euros dans des billets de train et prendre un logement à Paris, ne serait-ce qu'une fois, même pas en rêve.

23 mars 2023. Premier jour du procès. Fred, Alex, Philippe, Chris et Oscar s'installent sur le banc du fond. Par curiosité. Sur la droite, trois prévenus sont dans le box des accusés : Emmanuel, Rayan et Ulysse. Les seuls encore en détention provisoire. Les autres, sous contrôle judiciaire, sont assis au premier rang aux côtés d'une ribambelle d'avocats. Certains amis des accusés sont venus les soutenir.

Suzie arrive pour rejoindre ses collègues ; les prévenus se tournent vers elle puis dévisagent avec insistance les policiers, un par un, l'air de dire, que faites-vous ici, encore, un an et demi après nous avoir arrêtés. Suzie propose de s'en aller ; dans l'éventualité où la BFMP devrait mener, à l'avenir, une nouvelle enquête sur ces individus, la police aura besoin d'être discrète.

La salle résonne mais le son est bon. Assez pour que toute l'audience entende les enregistrements audios dans la chambre d'hôtel du Rochester.

« Vous êtes très poli, très bien, très pro », balance le président du tribunal Guillaume Daieff. Rayan baisse la tête, comme si la gravité de la situation avait avalé la confiance qu'on entendait dans sa voix quelques secondes avant, au moment de vider le compte de sa victime.

— Avez-vous une stratégie particulière ? demande Daieff.

— Y a pas vraiment de tactique, répond Rayan. La gamme de la carte, ça peut éclairer sur les plafonds de paiement.

— Les noms, la localisation des adresses, ça peut aider ?

— Tout à fait. Le reste, c'est vous et votre chance.

La procureure relance : « Vous avez honte ? »

Rayan fait oui de la tête.

À côté, Emmanuel reste impassible et ne dit rien. Rien de tout le procès.

— Sans l'intervention de la police, où en seriez-vous aujourd'hui ? relance la procureure.

— Je pense que l'intervention de la police était nécessaire, avoue Rayan.

À la fin de cette journée de procès, l'avocate de Rayan se tourne vers le box et lui demande :

— Qu'envisagez-vous pour votre reconversion ?

— Je sais utiliser ma parole pour vendre quelque chose.

En face, les avocats des parties civiles pouffent de rire.

Sans savoir que le pire, dans cette arnaque, est à venir.

Mauvais calculs

Le gros problème du dossier reste le préjudice exact estimé par la justice.

Si les prévenus se vantaient de faire chacun 200 000 euros par semaine, le tribunal, un peu plus prudent, juge réaliste le chiffre d'affaires de 100 000 euros par semaine pour l'ensemble du groupe. À hauteur de trois semaines de travail par mois entre août et novembre, cela reviendrait à un enrichissement illégal de 1,6 million d'euros. Mais comment le prouver ?

Les avocats de la défense se battent pendant des semaines pour expliquer que l'instruction n'a pas fait le lien entre les 700 victimes présumées et les accusés. Vous estimez, d'accord, mais justifiez. Dire que madame X a été arnaquée pendant que cette équipe effectuait son escroquerie ne suffit pas.

Martin Vettes, l'avocat d'Ulysse, démonte l'instruction. « En fait, les enquêteurs ne se sont pas embêtés. Ils sont allés voir le groupe interbancaire pour obtenir la liste de toutes les fraudes bancaires réalisées entre août et novembre 2021 – donc, entre l'escroquerie de DSK et l'arrestation des escrocs. Ils ont considéré que toutes ces fraudes-là étaient imputables à mon client et ses copains alors que rien ne permettait de le démontrer. C'est facile de dire que toutes les fraudes commises en France sur cette période, c'était forcément eux. Comme s'il n'y avait qu'eux. C'est délirant. » Et pour cause : la Banque de France estime que les Français victimes de fraudes par manipulation ont perdu 269 millions d'euros en 2021.

Le président Daieff admet les limites de l'exercice : l'évaluation des enquêteurs a été trop large, dit-il, tout en considérant que d'autres opérations dans d'autres banques leur ont sans doute échappé.

La juge Fontange et la BFMP ont simplement manqué de temps.

Après leur garde à vue, Emmanuel, Rayan, Ulysse, Mohamed et Bavon ont été envoyés en détention provisoire. Présumés innocents, il était impossible pour la juge de prolonger indéfiniment leur incarcération. « J'aurais aimé poursuivre les investigations. Mais si on avait enquêté pendant cinq ans, ces personnes n'auraient plus été en détention et auraient pu prendre la fuite. Devait-on prendre ce risque et trouver plus de victimes ou devait-on arrêter l'enquête pour que les prévenus se fassent juger ? » Fontange choisit la deuxième option.

Face aux escroqueries de masse, la justice française est battue. « Établir la liste exacte des victimes quand il y en a autant, c'est mission impossible », conclut la juge.

Sur les cent cinquante parties civiles, seules trente-sept seront déclarées victimes par le tribunal.

Loin de tous les calculs anticipés, le préjudice total prouvé ne sera que de 190 000 euros. À peine une semaine de travail, selon les écoutes du Rochester.

Chapitre 12

Les banques et le mépris

Quatre ans après l'arnaque, deux ans et demi après le procès, Lou, qui fait partie des trente-sept victimes reconnues, n'a toujours pas été remboursée.

Le tribunal ordonne à sa banque de lui rendre cet argent, mais sa banque refuse. Sa vraie conseillère, qui disait la soutenir, l'a incitée à lui faire parvenir sa plainte. Ce qu'elle fit, dans l'espoir de retrouver son épargne.

Le vice des banques commence ici ; elles utilisent ces plaintes pour accuser leurs clients de « négligence grave », afin de ne pas les rembourser. « Vous voyez, vous dites que vous avez transmis un code ! » En clair : si vous êtes victime, portez plainte, mais gardez votre plainte pour vous.

L'arrêt qui n'a rien changé

Le 23 octobre 2024, la Cour de cassation publie une décision aussi attendue par les victimes que redoutée par les banques.

La plus haute juridiction condamne définitivement la BNP Paribas à rembourser un client qui, appelé par le numéro de sa banque, avait perdu 54 900 euros en 2019, au tout début de l'arnaque.

Elle précise : « Au regard des circonstances dans lesquelles l'escroquerie a eu lieu, il ne peut être reproché au client d'avoir commis une négligence grave. »

Cette décision fait office de jurisprudence pour toutes les autres victimes, estimées à plus d'un million aujourd'hui.

Le lundi 9 décembre 2024 à 11 h 15, j'interroge les huit plus grandes banques françaises (Banque Populaire, Caisse d'Épargne, Banque Postale, Axa Banque, Crédit Mutuel, la BNP Paribas, LCL, Société Générale) à ce sujet.

« Le 23 octobre 2024, la Cour de cassation a condamné la BNP Paribas à rembourser un client victime d'une escroquerie téléphonique. Depuis cette décision, avez-vous changé vos pratiques de remboursement envers vos clients ? »

Je leur ai laissé quatre jours pour me répondre (avant le jeudi 12 décembre à 18 heures).

Toutes m'ont répondu simultanément au dernier moment : « Les éléments de réponse vous parviendront par l'intermédiaire de la Fédération bancaire française (FBF). »

Aucune n'a accepté de répondre sur le fond.

La Fédération bancaire française est le lobby des banques. Elle me répond une semaine plus tard.

« Le cas visé [par la décision de la Cour de cassation] concerne une situation spécifique datant de 2019. Pour lutter contre ces fraudes qui se multiplient ces dernières années, les banques françaises n'ont cessé de déployer des dispositifs de sécurité renforcée pour authentifier leurs clients. Outre l'authentification forte, la profession a lancé en 2023 une vaste campagne de sensibilisation “Ne donnez pas ces données”. »

Comprenez : en 2019, c'était excusable. Aujourd'hui, non.

Depuis un passage dans *Envoyé spécial* sur France 2 en février 2024, l'avocat Arnaud Delomel reçoit chaque jour entre cinq et dix nouveaux dossiers de victimes de faux conseillers bancaires. Il me raconte, en janvier 2025 : « On aurait pu croire que cet arrêté de la Cour de cassation allait changer les choses. Mais les banques savent que la majorité des victimes n'engagera pas de poursuites judiciaires coûteuses. Donc, elles leur disent encore qu'elles ne les rembourseront pas. »

Les banques ont même été confortées par… la Cour de cassation, le 15 janvier 2025. Avant cette date, certains clients arrivaient à se faire rembourser en disant que leur banque avait manqué de vigilance en autorisant un transfert d'argent qu'elle aurait dû considérer comme douteux.

Par exemple, en janvier 2023, la BRED a été condamnée à rembourser 50 % des pertes à des clients victimes de *phishing* parce qu'elle avait manqué à son devoir de surveillance en validant un transfert d'argent. Mais le 15 janvier 2025, la Cour de cassation a publié un arrêt disant que, si la banque pouvait prouver une négligence grave du client, elle pouvait refuser le remboursement.

En trois mois, la Cour de cassation a soufflé le chaud et le froid.

Entre le refus des banques de les rembourser et la complexité des démarches juridiques, les victimes se retrouvent découragées à porter seules le poids de leur perte, sans véritable recours.

Lou a, au moins, renoué de bons liens avec son père. Il lui a présenté ses excuses. Il a compris que sa fille n'était pas une *pauvre conne* le jour où une cousine de sa femme, médecin à Cannes, s'est fait avoir à son tour.

Lou travaille désormais à l'hôpital de Montpellier. Elle est en CDD et rêve de décrocher un CDI pour s'acheter une maison dans le coin. Mais ce rêve, craint-elle, pourrait être annihilé par sa banque qui pourrait lui reprocher d'avoir, un jour, perdu 16 000 euros sans n'avoir jamais réussi à les retrouver.

Tous condamnés

À la sortie du procès, les avocats de la défense sortent glorieux. Ils évoquent, devant la presse, une « petite affaire » et des « résultats gonflés à l'hélium ».

Pour autant, le tribunal n'épargne pas les prévenus.

À l'exception de Kévin, interpellé pour rien – il traînait dans l'appartement pour regarder les autres jouer au poker –, tous ont été condamnés.

Amou, ouvreur de comptes, Mohamed 2, ravitailleur en portables, et Charles, parti chercher le bracelet à Madrid, ont été placés en détention à domicile sous surveillance électronique.

Régis, ouvreur de comptes de Neuilly, a écopé de 2 ans de prison avec sursis.

Bavon, ouvreur de comptes au tee-shirt Snoopy, a écopé de trois ans de prison, dont deux ans et six mois avec sursis.

Mohamed, *allôteur*, a été condamné à quatre ans de prison, dont trois ans avec sursis.

Rayan, *allôteur*, et Ulysse, son binôme de chambre, ont été condamnés à quatre ans, dont deux ans et six mois de sursis.

Emmanuel prendra la peine la plus lourde. Cinq ans de prison, un seul avec sursis.

Il sera le seul à décider de faire appel par l'intermédiaire de son avocat, Raphaël Chiche. Jusqu'au jugement définitif, Emmanuel est donc présumé innocent. Mais, de retour dans la nature, la police lui retombe dessus.

Un peu par hasard.

Pour de nouveaux faits présumés encore plus dingues.

Partie IV

La submersion

Chapitre 13

Nouveau système assassin

Quatre hommes entrent dans le restaurant. Pas un mot, juste une grenade qui roule sous une table. Et puis, le bruit lourd de l'explosion et la cadence des rafales. Les verres éclatent, les éclats scintillent un instant dans la lumière. Des morceaux de cervelle sont projetés au mur ; en tombant de sa chaise, l'homme emporte sa soupe avec lui. Un serveur lâche son plateau et se réfugie dans la cuisine où il meurt, abattu.

Une femme saute par la fenêtre et survit, presque par erreur. Le commando sort en petite foulée et laisse exploser derrière lui une deuxième grenade. Les dernières balles du chargeur d'un assaillant terminent dans le thorax d'un couple de touristes américains qui n'avait pas entendu le carnage. Deux minutes, six morts, vingt-deux blessés graves.

C'est comme ça que Jean-Louis Bruguière commence sa carrière de juge antiterroriste, le 9 août 1982. Il avait préféré prendre ses vacances en juillet, car le mois d'août, en était-il convaincu, aurait dû être le mois le plus calme dans la capitale. L'enquête de l'attentat de la rue des Rosiers lui est aussitôt confiée.

Il se rend sur les lieux, dans le 4e arrondissement de Paris, avec la brigade criminelle. Les policiers du secteur ont sécurisé la zone. Il pénètre dans le restaurant juif Jo Goldenberg, dans cette odeur collante de poudre, de sang et des plats cramés. L'attaque a été attribuée au FCR, le Fatah-Conseil révolutionnaire, organisation terroriste palestinienne.

En 1995, Bruguière instruit le dossier de l'attentat du métro de la station Maison-Blanche qui fait dix-huit blessés à Paris. Il l'attribue au GIA, le Groupe islamique armé.

Le juge conseillera ensuite les États-Unis sur la question du terrorisme islamique ; il les préviendra qu'un certain Oussama Ben Laden, sur lequel il enquête, pourrait les frapper prochainement. Il n'est pas cru par le Pentagone. Jusqu'au 11 septembre 2001.

Après avoir traqué les criminels les plus dangereux de la planète, Bruguière termine sa carrière en 2008 à la tête de la section antiterroriste du tribunal de Paris. Il sort de l'ombre en 2017 pour apporter son soutien à Emmanuel Macron face à Marine Le Pen et disparaît aussitôt.

Jusqu'au 29 janvier 2024, date à laquelle *Libération* lâche cette bombe : Bruguière se serait fait voler plusieurs centaines de milliers d'euros par Emmanuel B. en septembre 2023. L'arnaqueur est arrêté en décembre, deux ans après son arrestation dans l'affaire DSK.

En 2023, l'arnaque aux faux conseillers bancaires franchit encore un cap. Les escrocs ont volé près de 380 millions d'euros aux Français.

Il est intéressant de voir que d'une année à l'autre, si le montant total de la fraude aux moyens de paiement reste stable (1,2 milliard en 2021, en 2022 et 2023), la proportion de la fraude par manipulation augmente :

269 millions d'euros (22 % des montants de la fraude) en 2021 ;

339 millions d'euros (28 % des montants de la fraude) en 2022 ;

379 millions d'euros (32 % des montants de la fraude) en 2023.

Cette année-là, l'arnaque est plus forte que jamais grâce au nouveau modèle d'organisation des escrocs. Sur les réseaux sociaux, monter un cartel n'a jamais été aussi simple.

C'est ce que révèle le dossier Bruguière.

Vols à domicile

En 2021, Emmanuel est arrêté pour avoir arnaqué Dominique Strauss-Kahn. À cette époque, il agit en bande organisée avec ses amis d'enfance.

En 2023, l'amitié n'a plus rien à voir là-dedans.

Dans ce nouveau système, Emmanuel se concentre sur les appels ; le reste est assuré par des malfaiteurs recrutés sur Internet. Le secteur s'est professionnalisé sous les yeux de l'État, des banques et des opérateurs téléphoniques, incapables de ralentir la cadence.

Entre 2020 et 2022, les malfaiteurs ruinaient leurs cibles en leur faisant valider des liens ou en effectuant des virements sur des comptes rebonds.

En 2023, les services de police constatent une nouvelle tendance : une explosion des vols de cartes bleues, de tableaux, de bijoux et d'argent liquide, directement au domicile des cibles.

C'est ce dont le juge Bruguière fut victime avec son épouse.

Le 30 septembre 2023, Jean-Louis Bruguière discute avec sa femme, Catherine H., dans le salon de leur appartement à Paris. La BNP appelle. « Bonjour madame, monsieur Dupuy, service des fraudes de la BNP. Je vous dérange ? » Le scénario habituel est déballé. Mais le coup du virement suspect à destination du Sénégal ne convainc pas du tout la femme, avocate au barreau de Paris, toujours en activité.

Elle comprend qu'il s'agit d'une fraude et s'apprête à raccrocher ; juste avant, elle vérifie quand même le numéro de téléphone. Il s'agit bien de celui de son agence BNP. Son interlocuteur reste professionnel et prend le temps de lui donner d'autres garanties : les numéros de compte auxquels il a accès, les montants exacts et les noms des bénéficiaires. « Je fais opposition, dit l'escroc. Le transfert n'a pas été effectué. »

« Pour comprendre d'où vient cette fraude et pour identifier la personne derrière tout ça, on va procéder à l'analyse de votre carte bleue. L'assurance de la BNP va vous envoyer un taxi de la société G7. Une voiture est déjà en bas de votre appartement. Dernier conseil : veillez à bien découper votre carte pour qu'il soit impossible de l'utiliser. Il faut se méfier de tout le monde. »

« On est bien fort quand on a le nombre. Invincible, quand on a la ruse », écrivait Euripide.

En 2023, les escrocs ont les deux : la ruse par habitude et le nombre, désormais, grâce à des recrutements ciblés sur le service de messagerie Telegram.

Le caméléon est un insectivore opportuniste.

Son régime alimentaire est composé de criquets, de mouches, de papillons, de guêpes et d'abeilles.

Chapitre 14

Le faux brigadier

Catherine H. saisit une enveloppe sur son bureau, y glisse sa carte bleue découpée et descend les escaliers pour la donner, en confiance, au taxi garé devant chez elle. Le conducteur ignore son contenant et exécute sa course. L'adresse indiquée sur son application l'envoie à Meudon, en banlieue proche.

Quelques minutes plus tard, Jean-Louis Bruguière imite sa femme. Le taxi numéro 2 s'évapore.

Le couple reste au téléphone. La BNP les alerte : madame, monsieur, je ne sais pas si vous avez été contactés par la police, mais sachez qu'en vos qualités d'ancien juge antiterroriste et d'avocate, avec l'argent que vous possédez, vous êtes la cible d'un dangereux réseau de cybercriminels basé à Dubaï qui a récupéré toutes vos données personnelles. Ils ont des hommes de main sur le territoire français et envisagent de cambrioler votre appartement.

Jean-Louis Bruguière demande une explication, une preuve. La BNP ne peut pas donner plus de précisions : « En revanche, je peux transférer l'appel vers les enquêteurs du service spécialisé de la police judiciaire, la BFMP », précise le conseiller. « Je vous laisse : vous allez entrer en relation avec le brigadier-chef Ferreira. » Il n'existe aucun Ferreira à la BFMP. Mais, pour connaître ces termes, il fallait au moins avoir été interpellé une fois par ces flics-là.

La petite musique d'attente s'arrête. Le brigadier-chef Ferreira affirme à l'ancien juge antiterroriste qu'un cambriolage pourrait, effectivement, se produire sous peu à son domicile, à telle adresse, tel étage et telle porte. Bruguière se concerte avec sa femme : il faut sécuriser tout ce qui les entoure. 30 000 euros en cash, des pièces en or et des bijoux de Catherine H. sont glissés dans un sac et remis à un troisième taxi, toujours envoyé par l'assurance de la BNP.

Le troisième chauffeur, tout comme les précédents, ignore qu'il participe à une escroquerie. Son application lui indique aussi Meudon comme destination. Quelques minutes plus tard, il reçoit un appel d'un homme qui modifie l'itinéraire. Changement de plan. « N'allez pas à Meudon. Dirigez-vous vers le 12e, rue de la Voûte, au niveau de la tapisserie. » Un quart d'heure plus tard, le voilà livrant le sac des époux Bruguière, rempli de cash et de bijoux, à un type d'une vingtaine d'années un peu enveloppé.

Il remonte dans sa voiture, prêt pour emmener quiconque à la gare ou à l'aéroport. Son application sonne ; il doit revenir sur ses pas et reprendre un individu dans cette même rue de la Voûte, en face de cette même tapisserie.

Le jeune qui tient le sac de bijoux est là.

— Encore vous ! Entrez.

— On va à Vincennes.

— Vous auriez dû me dire que vous vouliez monter tout à l'heure, ça m'aurait évité le détour du pâté de maisons.

— C'est pas moi qui décide. Villa David, à Vincennes.

L'enquête de police révèle que Emmanuel B. a tout géré par téléphone ; les instructions au taxi et les ordres à son contact qui planquera le sac à Vincennes.

Pendant ce temps, le premier taxi, qui avait récupéré la carte bleue de Catherine H., est arrivé à Meudon. Il donne l'enveloppe à une jeune fille métisse aux cheveux noirs. Pauline, 19 ans, de bonne famille.

Elle joue le rôle d'*abeille*. C'est le surnom donné par la police à ce nouveau rôle central de l'évolution de l'escroquerie.

Dans le format actuel de l'arnaque aux faux conseillers bancaires, les abeilles sont à l'extrémité de la chaîne. Ce sont des jeunes femmes qui présentent bien. Elles touchent entre 300 euros et 600 euros la journée pour aller faire des achats dans les magasins de luxe ou retirer de l'argent avec les cartes des victimes. Elles peuvent travailler pour plusieurs groupes de voleurs à la fois.

Pauline, qui habite encore chez ses parents à Meudon, récupère l'enveloppe et recolle les morceaux de carte bleue de Catherine H. Sachez-le : la découpe ne rend pas la carte inutilisable tant que la puce reste intacte.

La jeune métisse prend la direction des Champs-Élysées en transports. Comme toujours, elle est bien reçue dans les grands magasins. Elle achète ici des sacs, là des chaussures, et quand il reste de l'argent sur la carte, le soir, Pauline obtient régulièrement de ses supérieurs l'autorisation de s'acheter ce qu'elle veut avec.

La carte bleue du juge Bruguière subit le même sort.

Le lendemain, le dimanche 1er octobre 2023, le couple se rend au commissariat de la 1re DPJ dans le 8e arrondissement. Le préjudice est estimé à 200 000 euros.

Alors que Catherine H. dépose plainte, son téléphone sonne. Le faux conseiller bancaire la rappelle. « C'est encore monsieur Dupuy à l'appareil. Vos bijoux et votre argent sont en lieu sûr. Avez-vous pensé à protéger vos sacs de luxe et vos œuvres d'art ? » Catherine met le haut-parleur. Le vrai policier qui prend la plainte enregistre la voix de l'escroc. Des escrocs. Le faux brigadier-chef Ferreira parlera quelques secondes plus tard.

Le commissariat envoie directement l'enregistrement à la brigade des fraudes aux moyens de paiement. Suzie le récupère.

Lors des écoutes dans la chambre du Rochester en 2021, elle avait passé trois semaines à retranscrire l'intégralité des trois jours d'enregistrement de la chambre d'Emmanuel B. Elle connaît sa voix par cœur. Ses voix, même : celle qu'il utilise avec ses potes et celle qu'il emploie lorsqu'il est au téléphone, attentionnée, mielleuse.

Tout est identique : le timbre, le rythme et même le pseudo, « monsieur Dupuy », qu'il avait déjà employé pour Dominique Strauss-Kahn. Pour les enquêteurs, ça ne fait aucun doute. C'est Emmanuel.

L'identité du faux brigadier, en revanche, est toujours un mystère à ce jour.

Le service identité judiciaire de la police technique et scientifique compare les extraits d'écoutes de la chambre d'Emmanuel B. de l'affaire DSK (2021) avec l'audio enregistré lors de la plainte du couple Bruguière (2023). Les analystes rencontrent alors un problème.

L'enregistrement de la chambre d'hôtel en 2021 est propre, sans fioriture : un micro enregistre une voix.

L'enregistrement réalisé en 2023 lors de la plainte est moins clair puisqu'un téléphone enregistre un téléphone sur haut-parleur. Impossible, à ce stade, de constater de vraies ressemblances.

Alors, la BFMP fait appel à un spécialiste. Un musicien de Montreuil, officiellement « expert auprès de la cour d'appel de Paris ». Dans son studio dernier cri, là où il enregistre ses albums, il peut, en fonction du téléphone, nettoyer et recréer des enregistrements très pointus.

Après comparaison, il donne une note de 4/5, ce qui correspond à une « très haute probabilité » qu'il s'agisse d'Emmanuel sur le deuxième audio.

Pour autant, l'arrestation de celui-ci est compromise.

Mitch est sorti de prison après le procès DSK, en avril 2023. Il a fait appel et il est toujours présumé innocent. Depuis, il s'est fait domicilier chez sa sœur, dans le 93. La police sait pertinemment qu'il n'y est pas. Les enquêteurs savent que les deux n'ont pas de lien particulier depuis que sa sœur a été placée sur écoute.

Emmanuel est donc introuvable.

Les femmes, cruciales dans le réseau

La BFMP se base sur des éléments sur lesquels elle peut progresser : réquisitions des taxis, convocation des chauffeurs et consultation de leurs historiques d'appels. Si Emmanuel prenait soin de faire apparaître le numéro des banques sur les téléphones de ses victimes, il baissait la garde quand il appelait les taxis pour les rediriger, laissant apparaître le numéro de la vraie ligne qu'il employait.

Les taxis vont aider à dessiner l'organisation du groupe de malfaiteurs ; nouvelle pour la police, déjà classique pour les escrocs.

Leurs témoignages mènent à deux pistes, deux abeilles.

La première, Pauline V. à Meudon.

La deuxième, Manelle H. à Gennevilliers, étudiante à l'Institut supérieur du commerce de Paris.

L'étude des bornages de leurs lignes téléphoniques confirme leur localisation dans des magasins de luxe le 30 septembre 2023, jour de l'arnaque du juge Bruguière. La police établit une proximité entre les deux ; elles sont amies et ont l'habitude d'aller dormir chez l'une ou chez l'autre.

Ce jour-là, sur les Champs-Élysées, en face de Chanel, Pauline est filmée par les caméras de surveillance du distributeur de la BNP en train de retirer des milliers d'euros.

Elle dépensera tout chez Prada, Yves Saint Laurent et Kiss. Elle est rejointe par son amie Manelle, qui arrive avec une multitude de cartes de nouvelles victimes. Journée prolifique.

Les enseignes fournissent tout aux policiers : les images des caméras de surveillance et les coordonnées téléphoniques laissées par les abeilles au moment des achats. Il ne manquait qu'une donnée pour lancer la traque : le témoignage des chauffeurs de taxi.

L'un d'eux se souvient avoir transporté les deux jeunes femmes dans le 92 après cette série d'achats sur les Champs. Elles avaient rempli le coffre de sacs de toutes sortes de marques prestigieuses avant de s'installer à l'arrière, donner une adresse à Puteaux et papoter le temps du trajet.

Le chauffeur, intrigué par la quantité de sacs, se demande ce que ces filles trament.

Quand il arrive sur place, le taxi se met en warnings au pied d'un immeuble tout neuf à la façade beige, une succession d'apparts aux grands balcons juste derrière la Défense.

Les deux abeilles sortent et livrent toute la cargaison à une résidente qui habite à deux numéros de là : Sofia M. Un réseau de femmes aux apparences insoupçonnables.

Sofia est l'une de ces femmes que l'on croise par milliers sur le parvis de la Défense. Tailleur impeccable, chaussures lisses et ticket resto à la main chaque midi pour manger sur le pouce : pas le temps, la trentenaire travaille dans un cabinet d'assurance. Inconnue dans sa boîte, mais de plus en plus célèbre sur Snapchat.

Plusieurs dizaines de milliers d'abonnés la suivent pour ses bons plans. Elle s'est fait connaître en vendant des chaussures à prix cassé : des Ugg, une sorte de chaussure-chausson dont la hype s'étend des collégiennes aux quadragénaires. Prix d'achat : 200 euros. Elle les vendait à 50 euros ou 60 euros grâce à un fournisseur « digne de confiance » sur lequel elle entretenait volontairement le flou auprès de ses abonnés.

Là où, dans l'affaire DSK, la police se demande encore où Emmanuel et ses potes pouvaient bien cacher leurs achats, dans l'affaire Bruguière, il n'y a plus de question à se poser : tout est revendu par des receleurs et receleuses, comme Sofia.

Son entrée dans ce réseau d'arnaqueurs aux faux conseillers bancaires booste le business de la jeune femme. Ses abonnés raffolent de cette nouvelle maroquinerie, de tous ces accessoires qui lui arrivent chaque jour par dizaines ; ça change des chaussures.

Un sac acheté 12 000 euros avec l'argent des victimes est revendu 5 000 euros. Un bracelet acheté 900 euros est revendu 350 euros. Sur chaque vente, Sofia touche une commission et envoie le reste au chef du réseau. Tout ce que les escrocs veulent, c'est blanchir. Entre planquer de la thune ou dix-sept paires de pompes, le choix est vite fait.

Pour aller encore plus loin dans l'optimisation de l'arnaque, les criminels ont fluidifié les transactions entre abeilles et receleurs.

C'est ce que la BFMP découvre dix jours plus tard en suivant Pauline dans ses activités.

Chapitre 15

En quête de mineures

Mercredi 11 octobre 2023

Fred, Suzie, Oscar, Chris et Philippe retournent sur le terrain. Ils attendent devant Le Bon Marché ; « la cathédrale du commerce moderne », écrivait Zola. Là-bas, en plein cœur du 7e arrondissement, on se promène comme dans un musée des désirs, entre Hermès et Dior, et c'est en son cœur que borne le téléphone de Pauline. Ce mercredi, elle touchera 500 euros pour passer sa journée à faire des achats. Une notification surgit sur son téléphone : besoin de trois paires de bottes Givenchy, 2 000 euros pièce.

La jeune fille sort de l'établissement avec ses trois sacs à la main et se dirige vers l'arrêt de bus. Suzie la suit ; Pauline monte dans le bus 63. Fred et Philippe sont en voiture. Oscar et Chris à moto : c'est le bordel sur les ondes.

L'abeille s'arrête avenue Montaigne, dans le quartier des Champs-Élysées. Suzie garde Pauline en visu à vingt mètres derrière, sur le trottoir. La cible remonte une rue, à droite, à gauche, encore à droite, regarde son téléphone, s'arrête, fait demi-tour, frôle la policière en civil et reprend la deuxième à gauche.

Pauline s'assied sur des marches et attend. Le pire, dans une traque, c'est l'arrêt. La seule planque d'un flic, c'est le flux. Suzie improvise ; elle entre dans le jardin de la clinique d'en face et se pose sur un banc. Pauline scrolle sur son téléphone et met ses écouteurs.

Elle jette un coup d'œil au fond de la rue et se lève. Deux types débarquent en scooter, récupèrent les sacs et foncent. Oscar et Chris tentent de les prendre en poursuite mais abandonnent aussitôt ; les chauffards sont déjà trop loin.

Pauline enchaîne : Champs-Élysées, Galeries Lafayette, huit sacs Jacquemus pour 5 400 euros, nouveau retrait de plusieurs milliers d'euros au distributeur, retour à pied sur le même petit escalier en face de la clinique. Le scooter repasse, à contresens, emporte la marchandise et disparaît.

Fin de journée. Pauline rentre à Meudon.

Oscar et Chris ont tout de même eu le temps de noter la plaque d'immatriculation du scooter, loué par un certain Adam O. Ce dernier est déjà connu des services de police pour avoir été interpellé six mois plus tôt, en flagrant délit de récupération d'une carte bancaire auprès d'un Bolt avec laquelle il avait réalisé plus de 4 000 euros d'achat chez Max Mara. L'autre, sur le scooter, c'est son pote, Sabri K., déjà arrêté pour conduite sans permis.

Adam et Sabri passent leurs journées à faire des allers-retours entre des abeilles dans le centre de Paris et des receleurs en banlieue. Parfois, Adam confie de la marchandise à sa petite amie, Enora, qui la garde chez elle.

Le profil d'Enora intéresse Fred, Oscar et Suzie. Lors des investigations, ils tombent sur des échanges réguliers dans son téléphone avec les autres filles du groupe. Les enquêteurs découvrent la présence de trois nouvelles abeilles, dont deux mineures.

Morgane* s'est spécialisée dans l'achat de cartes cadeaux aux Galeries Lafayette. N'importe quelle identité bidon suffit pour en obtenir une et brouiller les pistes sur l'origine de l'achat.

Justine* a fêté ses 14 ans en garde à vue. Elle a été engagée par Sabri, l'homme au scooter, qui n'est autre que son voisin. Elle habite au sixième, lui au quatrième.

Les filles mineures sont des profils recherchés. Quand elles s'habillent, se maquillent et se coiffent, elles prennent l'apparence de jeunes femmes de 20 ans. Elles prennent le même tarif, 500 euros par jour, mais ne risquent rien.

Justine est interpellée en flagrant délit d'achat en boutique. Comme pour les autres prévenus, son cas n'a pas encore été jugé.

L'étude de son téléphone permet d'identifier une nouvelle victime qui, lorsqu'elle écoutera l'audio enregistré par la police, reconnaîtra à son tour la voix de « monsieur Dupuy », attribuée à Emmanuel B.

Le mode opératoire est dessiné : Mitch passe les coups de fil. En même temps, il commande les taxis G7 en prenant soin de créer un compte avec l'identité et les codes bancaires de la victime en question.

Sur le papier, Bruguière a commandé un taxi à son nom. Les abeilles récupèrent les cartes bleues et font des achats qu'elles transmettent à Adam et Sabri en scooter, qui, eux, alimentent Sofia et d'autres complices.

Ce schéma s'impose sur Telegram comme la référence, la nouvelle norme de l'arnaque aux faux conseillers bancaires.

Le blanchiment aux paris sportifs

Dans ce dossier, le préjudice total est de plus de 600 000 euros pour 25 victimes.

Comme toujours, l'argent doit être blanchi. Tous ces billets ont besoin d'une justification légale.

L'investigation sur le blanchiment est peut-être la partie la plus savoureuse de ce dossier, parce qu'elle rappelle que tout est simple, bidon, à portée de main.

Ainsi, les services de la Française des jeux révèlent à la police qu'Adam, Enora, Manelle et Pauline ont perçu 34 774 euros de gains issus de paris sportifs. Pas n'importe lesquels, des paris à faibles côtes. Du 1,1 ou du 1,2 contre un. En clair, cela signifie qu'ils parient sur la victoire d'une équipe de foot leader au classement qui reçoit une petite équipe qui n'a jamais gagné à l'extérieur. Celui qui parie est quasiment sûr de récupérer sa mise.

Une fois que c'est gagné, le parieur obtient un justificatif et il peut prouver à la police que, s'il a ce niveau de vie, c'est parce qu'il est un excellent pronostiqueur. D'où vient son argent à la base ? D'autres paris, regardez. Et voilà, impossible de savoir où le jeu a commencé. Un système où les gains s'enchaînent et se justifient par eux-mêmes.

Les abeilles, les intermédiaires à scooter et la receleuse seront arrêtés en même temps, en novembre 2023. Trois bagues volées au couple Bruguière seront retrouvées chez Enora, la copine d'Adam.

Emmanuel, sans domicile fixe, fait quant à lui l'objet d'un mandat de recherche du parquet de Paris. Les enquêteurs s'inquiètent de la possibilité qu'il ait, cette fois, réussi à disparaître dans la nature.

Les premières pistes sur Mitch sont comme une ébauche d'enquête qui peine à prendre forme, jusqu'à ce qu'un fil finisse par se tendre, puis se resserrer : une ligne téléphonique associée à un compte bancaire récemment ouvert, en octobre 2023, à la Société Générale.

En grattant un peu, les choses prennent forme. Ce numéro est aussi associé à l'utilisation d'une application OnOff (une application qui permet d'utiliser plusieurs numéros sans avoir besoin de cartes SIM, le couteau suisse favori des voleurs modernes).

La ligne fait l'objet d'une géolocalisation. Elle mène à l'arrestation d'Emmanuel mi-décembre 2023 autour de 21 heures, à la sortie d'un restaurant.

En garde à vue, Mitch affirme qu'il est innocent. Il ne peut pas être ce monsieur Dupuy, dit-il, « puisqu'il ne s'agit pas du même mode opératoire que pour Dominique Strauss-Kahn ».

Emmanuel est quand même mis en examen pour escroquerie en bande organisée et association de malfaiteurs, puis placé en détention provisoire pendant plus d'un an.

Chapitre 16

L'impossible rencontre

J'ai voulu rencontrer Emmanuel. C'était en juin 2024. J'en savais déjà beaucoup sur les affaires dans lesquelles il était impliqué. Les dossiers, les écoutes, les témoignages : tout semblait accablant. Mais ça ne suffisait pas. J'avais envie de rencontrer ce type, comprendre comment il pouvait être à la fois celui que les enquêteurs décrivaient comme brillant – hyperactif, toujours un coup d'avance – et ce mur d'inébranlable certitude qui clamait son innocence.

Je téléphone à l'un de ses deux avocats, maître Ulysse Naudon.

L'appel est courtois. Maître Naudon me raconte qu'Emmanuel « n'est pas dans de bonnes dispositions pour rencontrer un journaliste ». Si c'est le fait d'être en prison, je peux m'y rendre.

— Pour l'instant, je ne peux pas vous assurer qu'il sera d'accord.

— Il y a de nombreux exemples de livres issus de rencontres entre journalistes et prévenus.

— Si vous faites référence à *L'Adversaire* d'Emmanuel Carrère, mon client n'est pas le médiatique Jean-Claude Romand.

— Mathieu Palain l'a fait avec un type bien moins connu, Toumany Coulibaly, dans *Ne t'arrête pas de courir*. Vous connaissez ?

— Non. C'est quoi ?

— L'histoire d'un mec champion de France du quatre cents mètres le jour et voleur la nuit. C'est vite résumé comme ça, mais tout l'intérêt du livre se trouve dans les discussions entre le journaliste et le prisonnier. Ça permet de comprendre toute la dualité du prévenu. C'est sorti chez L'Iconoclaste en 2021.

— Je note. En plus, j'adore les éditions de L'Iconoclaste. Je vais me lire ça cet été.

— Et quand est-ce que je peux vous rappeler ?

— Vous savez, je comprends votre démarche et pourquoi vous vous intéressez à cette affaire. Rappelez-moi début septembre. Mais je ne peux rien promettre.

Je l'ai rappelé et j'ai obtenu un rendez-vous avec son collègue, le médiatique Raphaël Chiche, l'autre avocat d'Emmanuel, qui l'a défendu lors du procès de l'affaire DSK.

Il me reçoit dans son bureau en octobre 2024. Je lui donne les mêmes arguments ; Carrère pour le classique, Palain pour le très contemporain. Il écoute, impassible. En vain.

Maître Chiche m'explique qu'Emmanuel n'est pas un détenu à la Rédoine Faïd, qui accueillait les journalistes à son parloir et savourait la médiatisation. Non, Emmanuel, c'est le silence. Il n'a jamais été condamné définitivement me rappelle l'avocat, et c'est vrai, puisqu'il a fait appel de son premier procès et n'a pas été jugé pour le second. « Alors, conclut-il, s'il ne parle ni aux policiers ni aux juges, pourquoi parlerait-il à un journaliste ? »

Partie V

Les failles

Chapitre 17

Opérateurs hors-la-loi

1er octobre 2024

Ce jour-là tombe une grande nouvelle.

Les opérateurs agissent enfin contre la fraude aux faux conseillers bancaires.

Ils annoncent la mise en place du MAN : le mécanisme d'authentification des numéros. Il s'agit d'une obligation prévue par la loi Naegelen, votée en juillet 2020.

Le site Actu.fr affirme qu'à partir du 1er octobre 2024, « il ne sera plus possible de falsifier un numéro de téléphone pour se faire passer pour un conseiller bancaire ».

Le 21 janvier 2025, en conférence de presse, Julien Lasalle, secrétaire de l'observatoire de sécurité aux moyens de paiement, annonce que « le *spoofing* a quasiment disparu », que les « banques lui confirment ».

Alors, c'est bon ? Tout est réglé ? L'usurpation de numéro de téléphone n'existe plus en France ? Les citoyens sont à l'abri ? C'est ce que j'ai voulu vérifier.

Sur le papier, le MAN est un mécanisme plein de promesses.

Confectionné par l'ensemble des opérateurs téléphoniques français, il doit couper les appels réalisés avec des numéros non conformes, donc, entre autres, ceux des escrocs avec le numéro des banques.

Mais en consultant cette loi, je me rends compte d'une problématique. Votée en 2020, elle aurait dû entrer en vigueur en juillet 2023. Le 1er octobre 2024, nous sommes un an et deux mois plus tard.

Est-ce que ça signifie que les opérateurs ont offert, comme ça, un an et deux mois de rab aux escrocs ? Cela me paraît un peu gros. Je contacte alors le député à l'origine de cette loi, Christophe Naegelen.

Le député des Vosges ne passe que deux jours par semaine à Paris. Il n'a pas beaucoup de temps aujourd'hui, une heure tout au plus. Le mercredi, c'est le jour des questions au gouvernement.

Nous avons convenu d'un rendez-vous à 14 heures dans un restaurant juste à côté de l'Assemblée nationale, le Bourbon, là où les députés ont l'habitude de rencontrer des journalistes politiques pour leur confier quelques *offs* dont ils raffolent pour leurs papiers, leurs duplex ou leurs tweets. Mais le Bourbon est blindé et sent la choucroute un peu trop fort. Le café d'à côté est plus cosy, quasi vide et présente l'avantage de n'empester ni le chou ni la saucisse. Naegelen passe la porte, enlève son écharpe et serre la main au patron, *tu vas bien ?*

Je l'interroge sur les origines de cette loi. Il remonte dans ses souvenirs de 2018 et rappelle qu'à cette époque, l'arnaque aux faux conseillers bancaires n'existait pas sous sa forme actuelle. « C'était des messages vocaux laissés par de faux conseillers bancaires qui demandaient à leurs clients de rappeler un numéro qui était surtaxé, une messagerie payante à 10 euros la minute. Il y avait une complicité des opérateurs qui prenaient 25 % du prix de l'appel de la victime. On a voulu faire quelque chose contre ça. »

Christophe Naegelen propose alors une loi pour encadrer le démarchage téléphonique d'un côté et, de l'autre, lutter contre les appels frauduleux. Commencent les allers-retours entre l'Assemblée et le Sénat. La loi est débattue, modifiée et renvoyée pendant deux ans entre les deux chambres jusqu'à son vote définitif le 25 juillet 2020. Pile au moment où les faux conseillers bancaires commencent à faire leurs premiers dégâts.

On en vient au point sensible.

— Cette loi entre en vigueur trois ans plus tard, le 25 juillet 2023, c'est bien ça ?

— Oui, c'est ça.

— Donc, au 25 juillet 2023, les opérateurs auraient dû arrêter tous les appels réalisés avec des numéros usurpés comme ceux des banques, non ?

Avant de me donner une réponse définitive, le député sort son téléphone, une machine à deux écrans qui ressemble à une tablette. Il ouvre le PDF de sa propre loi et fait défiler le document. Il vérifie point par point les articles en les chuchotant à toute vitesse. Il s'arrête sur l'article 10. Et confirme :

« Effectivement, les opérateurs auraient dû arrêter les appels frauduleux en juillet 2023. »

Les opérateurs ont donc facilité le vol de plusieurs centaines de milliers de victimes sur cette période.

Naegelen se défend.

— Une fois que la loi est faite, derrière, c'est au gendarme des opérateurs, l'Arcep, de mettre ce plan en place. C'est son rôle. Mais il n'a pas mis assez de pression sur les opérateurs pour que ce soit fini en temps et en heure.

— Pourquoi ont-ils mis quatre ans, alors qu'ils auraient dû s'entendre au bout de trois ?

— Ça les emmerdait. Comme chaque opérateur a ses grappes de numéros, ça voulait dire qu'ils devaient travailler ensemble pour mutualiser, partager et créer ce mécanisme-là. Je pense que l'Arcep y est allée en dilettante. C'est frustrant quand vous êtes législateur. Vous travaillez sur un sujet, vous faites des lois et vous vous rendez compte que l'application n'est pas faite.

Contactée, l'Arcep (Autorité de régulation des communications électroniques, des postes et de la distribution de la presse) me répond que « le législateur a demandé un calendrier ambitieux aux opérateurs. La pratique a montré qu'il n'était pas possible de mettre cela en place en trois ans ».

Le gendarme estime que les opérateurs ont mis du temps à se mettre autour de la table, car ce mécanisme, le MAN, représente de gros investissements qui ne leur rapportent rien. Et il avoue que, oui, à partir du 25 juillet 2023, les opérateurs étaient bien hors la loi.

Puisque le député accuse l'Arcep de n'avoir mis aucune pression sur les opérateurs entre 2020 et 2023, je demande au gendarme de la téléphonie s'il peut m'envoyer des preuves de son action.

Réponse de la communication et des juristes : « L'Arcep et ses agents sont tenus au secret professionnel sur le sujet du MAN et au secret des affaires auprès des opérateurs et ne peut pas diffuser de documents de travail. »

Alors, comment savoir ce qu'il s'est réellement passé en trois ans ? Comment expliquer ce retard ? Comment les opérateurs ont-ils coopéré ? Et surtout : le MAN, dans sa forme actuelle, peut-il vraiment mettre fin au *spoofing* ?

Les réponses me viendront grâce à des documents qui m'ont été envoyés par Vincent*, ancien salarié chez l'un des opérateurs français impliqués dans la mise en place du MAN.

227 pages de comptes rendus, datés de 2022 et 2024, signés par l'APNF, l'association qui organise les interactions entre les opérateurs téléphoniques français.

Le document central, le « Plan programme MAN », résume plus de 1 000 heures de réunions cumulées. Il a été transmis aux opérateurs le 1er janvier 2022, puis mis à jour. La version qui m'a été envoyée est la dernière en date (5 juillet 2022). Cinquante-huit pages d'analyses, de rapports de projets et d'études prévues par les opérateurs pour apporter des réponses à l'obligation fixée par la loi Naegelen – éradiquer l'usurpation de numéros –, mais aussi une mise en lumière des manques et des failles.

En disséquant le document, je rappelle Vincent.

— Concrètement, que veut dire appel authentifié ? Comment ça fonctionne ?

— C'est simple. C'est à l'opérateur de l'appelant de faire le travail. Moi, Vincent, je suis chez Free. Vous, vous êtes chez Bouygues. J'émets un appel vers votre numéro. Free, mon opérateur, va authentifier l'appel en disant : OK, ce numéro, je l'attribue à Vincent, et va mettre un coup de tampon certifiant que cet appel est bon. Bouygues va recevoir l'appel en voyant que Free a certifié l'appel. Ce coup de tampon, c'est ce que le MAN tente de faire aujourd'hui...

Le document révèle que la mise en route des opérateurs a été longue. Les opérateurs ont attendu plus d'un an avant de se mettre autour de la table. Les discussions ont commencé au second semestre 2021. Rappel : la loi a été votée en juillet 2020.

« On a commencé en regardant ce qui se faisait ailleurs. Dans le monde, les plus avancés dans la lutte contre l'usurpation de numéros sont les États-Unis et le Canada, raconte Vincent. Ça fait plus de dix ans qu'ils travaillent là-dessus. »

Entre 2016 et 2021, les autorités de régulation américaine et canadienne ont mis au point une technologie au nom barbare de « STIR/SHAKEN » (pour Secure Telephone Identity Revisited/Secure Handling of Asserted Information Using toKENs).

Chaque appel reçoit une attestation de niveau A, B ou C, qui indique la fiabilité de la source. A pour fiable, B pour douteux, C pour fraude potentielle.

Le STIR/SHAKEN permet aux opérateurs de remonter à la source du fraudeur et de freiner ses activités.

La MAN fonctionne à partir de cette technologie américaine. Bonne nouvelle, se dit-on.

Pourtant, page 15, l'APNF se montre très pessimiste :

> « Le retour d'expérience nord-américain, qui a plusieurs années d'expérience sur le sujet, montre que l'hypothèse de couper les communications qui ne respectent pas les règles semble extrêmement optimiste voire utopique. »
> APNF, 5 juillet 2022

Optimiste, voire utopique.

Les mots sont forts, mais justifiés.

Le STIR/SHAKEN a été adopté aux États-Unis en 2021.

Un an plus tard, en 2022, les résultats très attendus sur son efficacité tombent : selon une étude (Harris/Truecaller), les escroqueries par téléphone ont augmenté de 23 % ! 68,4 millions d'Américains ont déclaré avoir perdu de l'argent à cause d'escroqueries téléphoniques. Un record.

« Le STIR/SHAKEN était censé protéger les Américains des arnaqueurs. Malheureusement, il semble que les escrocs trouvent des moyens de contourner la réglementation gouvernementale et continuent de voler l'argent de plus en plus de personnes », conclut l'étude américaine.

Première mauvaise nouvelle pour le MAN. Dans la suite du document, l'APNF enchaîne les mauvaises annonces. Elle prévient que le MAN sera mis en place en retard :

> « Les opérateurs n'ont pas identifié des éléments de solutions techniques pour tous les cas dès juillet 2023. »
> APNF, 5 juillet 2022

Le document pointe, en effet, un obstacle majeur : il va falloir que tous les opérateurs se synchronisent. Ça paraît logique, comme ça, mais ce n'est pas si simple. Car, contrairement à ce que l'on pourrait imaginer, les opérateurs ne se limitent pas à Bouygues, Orange, Free et SFR. Non, en France, ils sont plus de 300 !

Les quatre grands que l'on connaît possèdent des licences d'exploitations de fréquences. Les autres opérateurs sont leurs clients. Pendant les discussions, seuls onze opérateurs étaient autour de la table. « Et c'est déjà une victoire », me dit Vincent.

Le document révèle que le *spoofing* en France ne va pas disparaître aussi facilement. C'est l'information la plus frappante du dossier :

> « La problématique se rencontre à l'échelle internationale. La menace est fluctuante. Les réseaux sont interconnectés. Les lignes de défense ne peuvent pas être uniquement franco-françaises. » APNF, 5 juillet 2022

Le MAN a pour ambition de mettre fin à l'usurpation des numéros entre opérateurs français. C'est loin d'être le cas. Mais imaginons que ce système soit, un jour, fiable à 100 % en France : sachez que cela n'empêcherait toujours pas les escrocs de vous appeler avec le numéro de votre banque ou d'un commissariat. Car ils utilisent déjà un chemin parallèle. Une autoroute, même.

Tout cela m'est expliqué par Vincent et confirmé par un autre expert en la matière : l'activiste @Centho9. Il serait tentant de le présenter comme « hacker », mais il préfère qu'on le qualifie de « chasseur d'escrocs ».

Les arnaqueurs ont compris que, pour tromper les Français, il leur suffisait d'utiliser un opérateur téléphonique étranger. « J'ai eu des conversations avec des escrocs qui me disaient qu'ils se servaient des opérateurs suivants : Plivo et Flowroute qui sont américains, et VoIP MS qui est canadien », me précise Centho.

— Comment se fait-il qu'en France, on puisse utiliser un opérateur américain ? je demande.

— Ce sont des opérateurs internationaux. Pourquoi refuseraient-ils des clients français ? Ils utilisent notre réseau téléphonique en contrepartie d'une redevance versée à Bouygues, Orange, SFR et Free.

C'est là que le système devient complètement faillible : un opérateur français ne peut techniquement pas empêcher un opérateur américain d'afficher un numéro français usurpé. Voici pourquoi.

— Ce que l'escroc va faire, reprend Centho, c'est qu'il va ouvrir un compte en ligne chez Plivo avec des faux documents d'identité, volés ou générés par ordinateur, pour qu'on ne puisse pas remonter jusqu'à lui. Une fois le compte vérifié à la va-vite par l'opérateur américain, l'escroc va acheter des crédits. Il va mettre 15 ou 20 euros qui lui permettront d'appeler en France et il pourra choisir le numéro de téléphone qu'il voudra utiliser. Celui d'une agence de la Société Générale ou de la BNP, par exemple. Il faut compter 10 centimes la minute pour appeler un portable. Ça peut paraître cher quand on est Français, parce que ça fait longtemps qu'on a des forfaits illimités, mais 10 centimes la minute, c'est rentable pour un escroc. En 30 minutes, il paye 3 euros et il peut vider un compte.

— Et les escrocs n'ont pas besoin d'une carte SIM de l'opérateur américain pour passer des appels ?

— Non. Quand l'escroc utilise des opérateurs internationaux comme Plivo, tout passe par Internet, ce qu'on appelle le réseau VoIP. Il peut vous appeler directement sur votre téléphone portable sans avoir de carte SIM.

— Quand on sait ça, alors, à quoi sert le MAN ?

— Dans l'état actuel des choses, il est complètement inutile.

« On vide l'eau de la mer à la petite cuillère »

À sa mise en place 1er octobre 2024, le MAN est donc à des années-lumière du portrait qui lui est fait dans les médias. Le discours affirmant que l'usurpation de numéros a quasiment disparu en France est très dangereux ; il redonne confiance aux utilisateurs et joue ainsi le jeu des escrocs.

Le plus inquiétant est qu'à cette date, le MAN ne protège pas les lignes mobiles, pourtant les plus visées par les faux conseillers bancaires. Le MAN protège seulement certaines lignes fixes. Pas toutes.

« Le MAN est insuffisant, conclut Vincent. On vide l'eau de la mer à la petite cuillère. C'est une guerre permanente. Pendant ce temps, les victimes trinquent et perdent des sommes importantes. » Combien, encore ?

L'avocat Arnaud Delomel m'affirme que, « depuis janvier 2025, le MAN ne fonctionne toujours pas : mes clients sont toujours appelés sur leur téléphone portable avec le numéro de leur banque ».

Et ce n'est pas tout.

La loi Naegelen a imposé la mise en place du numéro suivant : le 0 800 112 112. C'est un nouveau numéro d'urgence qui vous rappellera si vous contactez la police au 17, les pompiers au 18 ou le Samu au 112.

Auparavant, les centres d'appels d'urgence utilisaient divers numéros spécifiques pour rappeler les usagers, ce qui pouvait prêter à confusion ou être perçu comme du démarchage.

Le 0 800 112 112 est censé être reconnu par la plateforme MAN. Entrez-le dans votre téléphone. Mais en connaissance de cause.

Le 9 octobre 2024, le ministère de l'Intérieur publie un tweet vu plus de 200 000 fois : « Non, le 0 800 112 112 n'est pas un spam ! »

Centho vérifie dans l'instant, avec son matériel, chez lui, si ce numéro peut être usurpé. Réponse : évidemment. « J'imagine très bien un cas d'escroquerie au 0 800 112 112 où les arnaqueurs vont appeler des gens pour leur dire :

on a admis votre parent en soins intensifs. Il n'a pas sa carte Vitale, il va falloir payer des frais d'hospitalisation en urgence. Si on met un bruit d'hôpital derrière, le sentiment de stress et de peur est tel que n'importe qui pourrait sortir sa carte pour sauver un proche. On en est là. »

Chapitre 18

« Recherche vrais conseillers pour fiches clients »

Fred boit une dernière gorgée de Coca et jette sa canette dans la poubelle sous l'imprimante. Suzie l'interrompt pour lui demander un renseignement sur une affaire en cours. Fred sort de la pièce, revient, prend place et relance notre discussion.

— On en était où ?

— On allait aborder l'évolution des pratiques des escrocs.

— Voilà, c'est ça. Je te disais : aujourd'hui, ils se diversifient un max. Tout se passe sur Telegram. Tu trouves de tout, ça part dans tous les sens.

Ça commence par de la propagande.

Sur l'application de messagerie instantanée Telegram, on voit les arnaqueurs agiter des billets de banque, faire des avions en papier avec, les dépenser dans des cocktails à Cannes, dans des appartements à Fréjus, dans des Jet-Skis à Cagliari ou des villas à Ibiza.

L'un des escrocs qui buzze le plus s'est fait connaître en produisant un morceau de rap, mixé, clippé, le tout mis en ligne en novembre 2023, quelques jours avant la deuxième interpellation d'Emmanuel B.

Avec le son « BIN », le rappeur escroc « Faussaire BTB » – c'est son pseudo – s'est fait porte-parole de toute une génération d'arnaqueurs. La vidéo tourne et tourne encore sur Telegram et YouTube. Le clip, léché, n'a rien à envier aux grandes productions des gros rappeurs.

Il cumule plusieurs centaines de milliers de vues.

La vidéo démarre dans une villa avec palmiers et piscine. Le rappeur est en survêtement blanc et cagoule noire. Premières secondes : on entend la voix du criminel en pleine escroquerie.

« Donc là, vous allez recevoir la notification pour le remboursement. C'est 2 059,80 euros. C'est pour la rétro facturation. Ça va arriver. »

L'instru part. Dos à la mer, le rappeur fait des gestes avec ses doigts et se lance dans une liste de schémas de rimes. Il dresse la liste des étapes de l'arnaque. C'est précis, aussi précis que sans pitié. Voici quelques extraits du premier couplet.

« À ce moment j'ai plus de cœur, c'est tout pour les euros
J'active le spoofer et je suis prêt à allô
Peu importe la banque, je dis que je suis conseiller
Si elle pose une question, je lui sors toutes ses infos
Dis au revoir à ta vie
On frappe toutes les épargnes du livret A jusqu'à l'assurance vie
Qu'on soit à l'étranger c'est pas un souci
En treize mois dans la scam (l'arnaque) j'ai fait les 100 000
La police cybercrimi j'peux pas m'les saquer
La cible elle est craintive, elle se demande c'est qui
Je modifie ses plafonds, elle finit à terre
Je réalise la gravité du préjudice quand la victime pleure
Louis Vuitton, Dior, le reste ne m'intéresse pas
La transaction approuvée et j'vais récup' tout ça »

Changement de plan de caméra. « Faussaire BTB » montre son sac Gucci, l'ambiance passe au noir. L'étalonnage est sombre, les paroles d'une rare violence.

« Un vrai démon aucune hésitation
J'hésiterai jamais à te mettre à découvert
Villa 10 000 euros la semaine,
C'est la victime qui paye, c'est pas mon souci
C'est Dieu qui donne, nous on te reprend
La pression elle monte et ton solde il descend
La victime violée appelle un gynéco
Mon gars je t'assure qu'elle est pas consentante »

Le rappeur a sorti d'autres clips au Portugal, en Thaïlande, en Albanie et en Indonésie. Toujours sur le même thème, toujours avec le même succès. Sous ses vidéos, les commentaires grouillent de flammes et autres émojis euphoriques.

« Enfin un vrai arnaqueur qui fait du rap, continue fréro. »

« Fort ! Si jamais, je vends des cartes de crédit. MP si intéressés. »

« Fréro on peut discuter sur Telegram stp ? »

« Y a moyen que tu fasses des dingueries avec l'argent de l'arnaque, bientôt la privatisation de la tour Eiffel ! »

Et même des rageurs. « 100 000 euros en treize mois, c'est tout ? T'as validé que des Uber Eats ou quoi ? » « Pourquoi vous balancez nos techniques d'arnaque comme ça ? » « Je me souviens d'une époque où on n'était même pas une centaine d'escrocs en France. Aujourd'hui, c'est des clowns. »

Pour les connaisseurs, visiblement, l'escroquerie, c'est comme le rap : c'était mieux avant.

Une fois séduits, des milliers de jeunes se rendent ensuite sur son site Internet breakthebank.tech, onglet « se former » puis sur son canal Telegram, auquel j'ai eu accès.

La réalité, c'est que le rappeur-arnaqueur utilise ses fans comme des mules. Il profite de leur admiration pour son train de vie : villas, voyages, cash à volonté.

Ce matin, il envoie ce message à sa communauté : « Ceux qui veulent manger, créez-moi des comptes sur les banques ZEN ou Revolut puis dites-moi en privé quand c'est fait. » Dès qu'il arnaque une victime, il transfère l'argent sur le compte d'un fan. Il prend 90 %, le fan touche 10 %. Tout le monde est content. Le rappeur a le choix : Société Générale, Revolut, BNP, Boursorama, LCL, Crédit Agricole.

Des fanatiques servent un homme qui ruinera peut-être leur mère, demain, grâce aux comptes qu'ils lui ont ouverts.

— Ils recrutent de partout. Ça va toujours plus loin, me dit Fred.

— Comment, dernièrement ?

— On voit de plus en plus d'annonces : « Recherche conseillers bancaires pour fiches clients » sur Telegram et Snapchat.

— Des vrais ?

— Bien sûr. Pour obtenir des infos directes sur les victimes. C'est plus subtil, plus fort, plus efficace que les données mises en vente sur le Dark Web.

Dans son dernier single appelé « BTC » sorti le 16 août 2024, le rappeur dit : « On a des banquiers corrompus qui nous échangent des fiches complètes en espérant une prime. »

Ce ne sont pas que des paroles.

Cette tendance m'est confirmée au plus haut niveau de la justice.

Édouard Dhitili* est juge d'instruction. Il a accepté que l'on se rencontre dans cette brasserie de banlieue à condition que son identité reste intraçable. Plusieurs affaires du genre dont il a la charge sont toujours au stade de l'enquête. Il n'a pas le droit de parler, mais il le fait pour prévenir les lecteurs, qu'ils soient simples clients ou patrons de banques.

« De plus en plus de personnes qui travaillent en back-office se font démarcher sur Snapchat ou Telegram pour consulter des comptes bancaires et fournir des informations. C'est super simple pour eux : il suffit de faire des captures d'écran de la fiche client, de son solde, et alimenter le réseau des criminels. »

— On connaît l'ampleur du phénomène de corruption ?

— On ne peut pas chiffrer. Les banques ne veulent pas communiquer là-dessus. Elles ne nous donneront jamais quoi que ce soit sur ces mecs à l'intérieur. Elles perdraient trop de clientèle.

— Alors que font-elles ?

— Elles licencient vite, mais elles ne judiciarisent pas. Ou très, très rarement.

— Ça veut dire que de vrais conseillers bancaires permettent à des escrocs de voler l'argent et restent libres ?

— Voilà. Parce ce n'est pas judicieux, pour les banques, de mettre ces affaires devant la justice. C'est prendre le risque que le public se rende compte qu'il y a un ver dans le fruit.

Les banques françaises cherchent absolument à éviter les scandales d'escroquerie en interne. Car chaque révélation publique entraîne des conséquences financières gigantesques. L'histoire récente le prouve.

En 2016, le *Los Angeles Times* révèle que des milliers de conseillers bancaires de la banque américaine Wells Fargo, numéro 1 du crédit immobilier aux États-Unis, ont ouvert des millions de comptes fictifs afin d'atteindre des objectifs commerciaux. La banque a écopé de plus de 3 milliards de dollars d'amendes et a subi une perte de confiance durable, puisqu'elle affichait un bénéfice net en baisse de 55 % au quatrième semestre 2019.

En 2018, le *Financial Times* sort le scandale du blanchiment d'argent au sein de la Danske Bank au Danemark. Environ 200 milliards d'euros de transactions suspectes avaient transité par sa filiale estonienne en provenance de la

Russie. La banque a dû payer plus de 2 milliards de dollars d'amendes et a perdu plus de 50 % de sa valeur boursière.

En janvier 2019, le *Financial Times*, toujours, publie une enquête sur Wirecard, une prestigieuse entreprise allemande de paiements. Le journal met en lumière plusieurs dérives de la direction (faux contrats et manipulations financières). Du jour au lendemain, l'entreprise perd 98 % de sa valeur en bourse, l'action passant de 99 euros à 1,3 euro.

Face à ces précédents, les banques préfèrent étouffer les affaires de corruption interne. Un scandale public ne signifie pas seulement une amende : il entraîne une perte de clients, une chute des actions et une méfiance durable. Comme le résume le juge Dhitili : « Pour une banque, la réputation, c'est son oxygène. Si elle perd la confiance du public, c'est comme si elle perdait son sang. Et ça, elles le savent très bien. »

« Voilà comment les banques gèrent leurs escrocs »

J'ai enquêté sur cet immense tabou.

J'ai posé la question suivante aux huit plus grandes banques françaises (Banque Populaire, Caisse d'Épargne, Banque Postale, Axa Banque, Crédit Mutuel, BNP Paribas, LCL, Société Générale) le lundi 9 décembre 2024 :

> « De très nombreux témoignages s'accordent sur le fait que les banques ne judiciarisent jamais (ou à de rares exceptions) les cas de conseillers bancaires coupables d'escroqueries, afin d'éviter que ces cas se retrouvent dans la presse. Une fois licenciés, ils peuvent se faire engager ailleurs et peuvent, à nouveau, procéder à des escroqueries (siphonnage de données, revente de données, virements bancaires, etc.). Pouvez-vous m'affirmer l'inverse concernant votre entreprise en me donnant des exemples précis ? »

Encore une fois, les banques m'ont renvoyé vers la Fédération bancaire française sans répondre sur le fond.

Réponse du lobby des banques :

> « Une plainte ne peut être déposée que pour des faits de fraude ou de tentative de fraude avérés et non pas uniquement de “suspicion”. Lorsque les faits sont avérés, une plainte est déposée. Il appartient ensuite à la justice de l'instruire si elle l'estime opportun. »

Vérifions cela.

Pendant des mois, j'ai cherché un conseiller bancaire qui accepterait de témoigner sur ce sujet sensible. Je n'en connais pas et, pour ceux que j'ai approchés, je n'ai essuyé que des refus, des yeux baissés, des « je n'ai pas le droit de parler, il faudrait voir avec mon supérieur ».

Jusqu'à ce que Daniel*, la quarantaine, me donne son accord, lui aussi sous anonymat. Il veut alerter sur la corruption qui gangrène le milieu des vrais conseillers. Il a passé quasiment deux décennies à la Société Générale. S'il parle, c'est parce qu'il n'a pas peur de se faire virer : il a changé de métier il y a six mois.

« J'ai toujours refusé de coopérer avec des escrocs, mais on m'a déjà approché plusieurs fois, oui. Ça a commencé avant les réseaux sociaux. Ça se faisait en réel. Aujourd'hui, c'est encore plus simple. Il faut bien se mettre dans la tête que les conseillers, nous, on est des cibles. On a accès à plein de choses. Plein de gens viennent nous voir contre des contreparties financières. Dans l'idéal, les escrocs visent un responsable ou un adjoint, parce que l'info peut s'arrêter à lui. Pour te dire : quand j'ai démarré ma carrière, j'étais conseiller dans une agence de quatre personnes. La première escroquerie au sein d'une banque que j'ai vue de mes propres yeux, elle a été faite par l'adjoint de l'agence. Un truc à la con mais très rentable. Sur des signatures de crédit, il disait aux clients qu'il fallait régler 2 000 euros de frais de dossier à chaque fois, alors que c'était limité à 200 euros. Il encaissait les chèques à son nom. Il s'est fait entre 60 000 et 80 000 euros et n'a jamais rien remboursé. Bon, le mec s'est fait choper. Alors qu'a fait la Société Générale ? Ils ont interrogé tout le monde. Ils ont dégagé la responsable d'agence qui n'avait rien demandé. Si les clients venaient se plaindre, on leur faisait une réduction sur leur taux de crédit, c'est tout. Quant à l'adjoint responsable de l'escroquerie, ils l'ont licencié à l'amiable en disant qu'ils ne voulaient pas de vague. Derrière, l'arnaqueur a touché le chômage pendant deux ans. Puis il s'est fait employer chez Axa, dans le même secteur. C'est comme ça que les banques gèrent leurs escrocs. Et ça, c'était à l'époque, en 2012 ! Aujourd'hui, c'est de pis en pis parce que les banques emploient n'importe qui. On ne se rend pas compte du nombre de gens qui fraudent. »

La raison principale, c'est que le secteur bancaire a de plus en plus de difficultés à recruter. Selon l'Association française des banques (AFB), entre 2014 et 2019, la part de démissions est passée de 24 % à 40 %, en grande partie à cause de la pression et des burn out qui s'ensuivent. Alors, pour pallier ce turnover, les banques se sont tournées vers les agences d'intérim.

« La problématique des agences d'intérim, dit Fred, c'est que des mecs ou des filles se font des faux C.-V. Personne ne va vérifier si t'as un BTS métiers de la banque. Si tu parles bien et que tu présentes bien, ils vont te prendre. Il faut juste envoyer un casier judiciaire vierge et ça, c'est facile à falsifier. Une fois que t'as fait ça, t'es recruté dans telle ou telle agence. »

Les escrocs pointent la faille et s'engouffrent dans ce nouveau paradis.

Chapitre 19

Les infiltrés

Pour pousser la question du recours des banques à l'intérim, je contacte le président du Syndicat national de la banque et du crédit. Frédéric Guyonnet est un homme investi. Il occupe ce poste depuis 2020.

Ce jour-là, Guyonnet décale notre rendez-vous d'une heure ; il vient de gérer en urgence un cas de harcèlement sexuel et de menaces de mort contre la victime qui a osé parler au sein d'une banque.

Il me demande de venir au siège de la BPCE – Banque Populaire Caisse d'Épargne. Deux gratte-ciel à l'extrémité du 13e arrondissement de Paris, appelées les tours Duo, conçues par Jean Nouvel et sorties de terre en 2021. Celle de gauche monte en biais, celle de droite donne la sensation qu'elle perd l'équilibre et va s'exploser sous peu sur le périphérique qui la jouxte.

Frédéric Guyonnet fait un bon mètre quatre-vingt-dix. Dans son costume-cravate serré, ses premiers mots laissent deviner un accent du Sud-Ouest. « Montauban ! J'ai grandi là-bas. » Nous quittons l'ascenseur rempli de stagiaires stressés et arrivons dans une cantine vide, mal éclairée. La caissière remballe les derniers brownies sous plastique et nous laisse seuls. « L'histoire des intérimaires, ça a commencé avant le Covid. En 2017, 2018. Des agences d'intérim s'étaient spécialisées là-dedans, d'ailleurs. Comme Manpower. »

Manpower est le leader mondial de l'intérim.

Au 23 décembre 2024, en France, soixante-dix-sept offres de conseillers bancaires en intérim sont disponibles sur leur site. À Paris, à Lyon, Bordeaux, Neuilly-sur-Seine, Alès, Vierzon, Vitrolles, Limoges, Toulon, Montbrison, Chartres, Orléans, Angers, Lille, Saint-Claude, Dunkerque, Bourgoin-Jallieu, Boulogne-sur-Mer ou Saint-Étienne.

Tout le monde peut candidater avec la quasi-certitude de se faire employer. Vous, moi, peu importe la formation. « Ces deux dernières années, ils embauchaient vraiment n'importe qui, avoue le président du Syndicat national de la banque et du crédit. Un mec qui sortait de cuisine, il était pris direct. »

Quand on parle de corruption chez les conseillers bancaires intérimaires, une affaire revient sur les lèvres de tous les policiers, avocats, juges et autres magistrats que j'ai rencontrés : le dossier Moha N. « C'est l'histoire qui illustre le mieux comment les escrocs ont commencé à se servir d'eux il y a quelques années », m'assure Hervé*, un enquêteur. Parce que le dossier est toujours en cours d'instruction au moment de mon enquête, ni les magistrats, ni les policiers n'ont voulu me transmettre les documents nécessaires pour que je puisse comprendre le fond de cette affaire.

Une autre source, anonyme, me donne rendez-vous au pied d'un platane qui perd ses feuilles, non loin du pont d'Iéna à Paris. L'homme, qui a côtoyé Moha, me confie un gros dossier jaune qui déborde de documents judiciaires.

« Ça n'a toujours pas été jugé. Il y a plus de 200 pages. Dans la première partie, vous allez comprendre comment s'organisent les groupes d'escrocs qui travaillent avec de vrais employés de banque. Dans la deuxième partie, vous trouverez les détails des montants volés sur les comptes des particuliers. C'est dans les tableaux, là, à la fin. C'est colossal. »

Il file s'acheter une baguette quand je pars en direction de la bibliothèque la plus proche. Je m'isole dans un coin, sur une table. Page après page, je découvre la facilité avec laquelle les escrocs réussissent à intégrer de vrais banquiers dans leurs arnaques afin de maximiser leurs gains.

Moha a gagné plus de 200 000 euros grâce à la complicité d'un intérimaire en banque : Azam A.

Identifiant c47054

Azam se fait employer tout à fait normalement en 2018 par la BNP Paribas à Fontenay-sous-Bois (94). Une inscription sur Manpower, un clic de candidature au poste, un C.-V., un casier judiciaire vierge, un coup de fil de motivation et le voilà derrière un ordinateur au mois de juillet.

Tous les jours, à 9 heures, il franchit le pas de la porte de ce grand bâtiment de verre collé au RER, entouré d'autres bâtiments de verre, avec des murs gris, bleu foncé ou noir, on ne sait plus trop avec la pollution qui s'y colle depuis des années. Le seul signe de distinction des employés qui se suivent sur ce trottoir, c'est leur badge, et on a donné à Azam le sien avec un sourire de bienvenue ; au boulot, il y a des carnets de chèques à trier et des coups de fil à passer. Identifiant : c47054.

La BNP ignore bien sûr qu'Azam a fait de la prison. Il a été arrêté trois ans avant par la brigade de répression du banditisme (BRB) pour avoir braqué une bijouterie Audemars Piguet dans le 1er arrondissement de Paris. Vingt montres, 830 000 euros de butin. Elle n'a aucune raison non plus de soupçonner que son nouvel élément va consulter les soldes des clients afin d'identifier les gros comptes – ceux à plus de 50 000 euros – que d'autres escrocs, dans

Paris, pourront vider – et tout cela pendant un an –, non. La BNP fait confiance à l'intérim. C'est son dernier recours dans le contexte économique actuel.

Les juges déplorent la multiplication de ce genre de profils avec l'explosion de l'arnaque aux faux conseillers bancaires. « Un vrai conseiller bancaire gagne entre 1 400 et 1 700 euros nets en début de carrière ; environ 2 800 euros avant la retraite. La corruption commence là, quand les gens ne sont pas assez bien payés, détaille le juge Dhitili. À partir de là, les voyous ont les moyens de leur promettre beaucoup plus. On parle de personnes qui ont votre nom, votre prénom, votre adresse, votre numéro de compte... Sur les réseaux, les tarifs, en ce moment, c'est 1 000 euros la fiche client ou 30 000 euros pour en sortir une quinzaine. Bien sûr qu'ils acceptent. On donne à des intérimaires, des gens dont on ne connaît pas la fiabilité, des postes sur lesquels ils ont accès à des données majeures. »

Fred pose son menton sur ses mains et décrit : « Ils prennent en photo les pages client sur leur pause déjeuner. Là où il y a tous tes comptes bancaires, le nom de ton conseiller, combien t'as d'encours, tes cartes rattachées, tout. Le but, c'est d'avoir de la donnée. À partir de ça, tu te crées une légende. On a vu passer des cas de gens très haut placés tomber dans le panneau, convaincus qu'il s'agissait d'un vrai conseiller bancaire quand le bandit a dit au téléphone : "Je vois que vous êtes allé à New York la semaine dernière et que vous avez dépensé 100 euros à la pharmacie." Comment tu peux savoir ça, sans avoir quelqu'un qui travaille pour toi en back-office ? »

Officiellement, selon son contrat d'intérimaire, Azam fait du traitement de remises de chèques non automatisées. En réalité, pendant un an, il récupère des identifiants, des adresses postales, modifie des codes secrets d'accès à la banque en ligne des clients, modifie les lignes téléphoniques référentes aux comptes et ajoute des bénéficiaires. Tout cela au profit d'un réseau très bien organisé.

Dès qu'il détecte un compte sur lequel dorment au moins 50 000 euros, Azam envoie toutes les données à Florian L., un trentenaire du 20e arrondissement. Il est faussaire, « le genre de type à qui tu peux demander n'importe quoi. Un faux bulletin de salaire, une fausse carte, il te le fait. » Florian est l'intermédiaire entre Azam et les deux boss du groupe d'escrocs.

Le premier patron, c'est Moha N. Un profil qui intrigue juges, policiers et gendarmes depuis des années. « Beau mec, sympa avec nous, me raconte Hervé, qui l'a interrogé. Il est vu bizarrement dans sa famille parce que c'est un escroc. Ou plutôt, parce que ce n'est "qu'un" escroc. Son père et ses frères sont braqueurs. Quand t'es escroc, t'es tout en bas de la hiérarchie du banditisme. Sauf qu'il est plus malin qu'eux ; il gagne beaucoup plus et prend moins de risques. Il parle bien, il est intelligent, souriant. Quand il est en interrogatoire, il sait ce qu'il risque, il sait ce qu'il peut dire, ce qu'il ne peut pas dire. Il joue la repentance. Il peut te sortir, comme ça : "allez, ça y'est, j'en ai marre, j'ai envie d'être du bon côté, je vais tout vous dire, j'ai aussi envie d'être flic." Puis se taire et laisser planer le mystère. Il alterne avec la carte de l'honnêteté, ça le fait rire. À la fin d'un interrogatoire, il nous a dit : je tiens à rajouter quelque chose : c'est Florian qui faisait l'interface entre Azam, l'intérimaire de la BNP, et nous. Je vous avoue que si on avait pu être en contact direct avec le conseiller bancaire, on se serait passé de Florian, parce qu'il était assez gourmand sur les pourcentages qu'il prenait. »

Moha gère ce réseau avec son colocataire, Brice B. « Originaire de Saint-Germain-en-Laye, la fibre entrepreneur. Il a monté plusieurs boîtes de fast-food et de coiffure. Il a le sens des affaires. »

Le dossier me parvient par l'un des avocats des victimes.

Fausses sociétés, vrais noms

La brigade des fraudes aux moyens de paiements commence son enquête. Elle découvre des virements frauduleux de plusieurs clients de la BNP de Fontenay-sous-Bois à destination de dix comptes rebonds : tous sont ouverts sur des banques en ligne comme N26 ou Treezor.

Huit de ces dix comptes ont été ouverts avec des pièces d'identité de personnes qui ont porté plainte pour vol ou usurpation d'identité – le juge Dhitili constate une recrudescence de cette tendance dans ses dossiers. Parmi les cartes volées, on trouve notamment celle d'un avocat et celle d'un journaliste.

Florian ouvre des comptes avec ces cartes d'identité depuis sa chambre. La sécurité des banques en ligne relève de la blague ; quand elles lui demandent une confirmation d'identité avec une photo personnelle, il leur envoie un selfie de son propre visage et ça passe, quasiment à chaque fois.

L'argent est ensuite redispatché vers douze bénéficiaires : Moha et Brice, les deux chefs colocataires ; Lucas, le petit frère de Brice ; Yanis et Karim, deux cousins. Et puis Daouda (exilé au Canada), Gaétan (exilé en Thaïlande), Lahcen et Pradhana, tous les quatre déjà mis en cause pour escroquerie avec Florian en 2011. Deux autres n'ont pas pu être identifiés.

En plus des comptes en banque, Florian ouvre aussi des sociétés avec les pièces d'identité volées. La société « Albarau » avec la carte du journaliste, la société « Rent a Pad » avec celle de l'avocat Vincent Delpy* et la société « Sender Ug » avec celle d'un dernier malchanceux.

J'ai contacté Vincent Delpy pour savoir à quel moment il s'était fait voler des documents d'identité et comment il s'en était rendu compte. J'ai été surpris quand il m'a annoncé n'avoir jamais perdu ses papiers. Pas besoin de les lui voler, les escrocs ont fait autrement.

L'avocat a été contacté en 2018 par l'Urssaf qui voulait avoir des renseignements sur cette société ouverte à son nom. Il leur répond ne jamais avoir ouvert cette société et porte plainte pour usurpation d'identité, sans savoir où ira l'enquête. Il n'apprend que début 2025, lors de notre entretien, que la société ouverte à son nom avait participé au vol d'un demi-million d'euros de clients de la BNP.

La profession d'avocat est une cible facile pour les criminels. Leurs informations sont trouvables en un clic sur le site *infogreffe.fr* : une recherche par nom et tout tombe, y compris l'adresse postale. Une fausse carte d'identité fabriquée par un faussaire et voilà la société Rent a Pad créée.

Celui qui a créé cette société, Yanis S., a été trahi par l'adresse IP d'un mail qui renvoyait au domicile de ses parents dans le 19e arrondissement. Chez eux, il a également ouvert plusieurs comptes rebonds pour blanchir l'argent.

L'affaire a fait seize victimes.

Les escrocs ont volé 78 000 euros à Patrick, 87 000 à Tanguy, 6 200 à Catherine, 12 000 à Yoël, 8 850 à Martine, 46 000 à Paul, 24 000 à Didier, 53 000 à Denise, 24 000 à Kuan, 30 000 à Annie, 18 000 à Gilles, 12 000 à Henri, 5 500 à Claude, 17 800 à Paulette et 40 590 à Tran.

Chaque compte a été consulté par le fameux identifiant c47054 attribué à Azam. Ses contacts Brice et Moha n'avaient plus qu'à se faire des virements.

Dans cette affaire, Brice a gagné 229 000 euros. Moha 219 000 euros. Les huit autres entre 6 600 euros et 30 000 euros.

Azam, l'intérimaire de la BNP, 11 000 euros.

Plus de 160 000 euros ont été retirés en cash. Le reste a été investi dans des voitures achetées avec des faux documents, dans des voyages, des achats de luxe ou a été envoyé sur des comptes à l'étranger, dans des pays qui échappent à la régulation financière internationale stricte comme Dubaï, Singapour ou Hong Kong. Classique.

Tout cela a failli se terminer dans le sang.

Lyes, une nouvelle petite main, a été chargé par Brice de trouver des personnes qui accepteraient d'ouvrir des comptes avec les cartes d'identité volées. Il a été un peu trop insistant avec Adam : allez, c'est rien, regarde tu prends cette carte et t'ouvres un maximum de comptes avec, et nous, on te paye. Adam n'a pas voulu. Une fois, deux fois, trois fois, dix fois. Lyes s'est montré menaçant ; Adam ne supportait plus cette pression et s'est résolu à tuer son interlocuteur. Il a été arrêté et mis en examen pour tentative de meurtre.

Cette affaire d'infiltration au sein de la BNP fut l'une des rares fois où la banque a coopéré avec la police judiciaire, « parce qu'elle n'avait pas le choix, me dit Hervé. Les clients ont été touchés directement par des virements effectués en interne. Ce n'est ni bon pour la BNP – mauvaise pub et remboursement – ni bon pour les escrocs car, quand la banque judiciarise, la police les arrête. » Dans ce dossier, les seize clients volés ont été remboursés par la BNP.

Depuis, les affaires du genre se multiplient.

En janvier 2023, la police arrête un banquier intérimaire en Essonne. Il s'était fait engager à Banque Postale malgré… quarante-trois inscriptions au traitement d'antécédents judiciaires (TAJ). Il a dépouillé huit clients par virements. 123 000 euros de gains.

En juin 2024, une jeune intérimaire de 22 ans, toujours à la Banque Postale, a été jugée pour des faits similaires. 8 800 euros en dix jours.

En juillet 2024, un intérimaire de la Caisse d'Épargne d'Aix-en-Provence a été arrêté pour un vol de 150 000 euros.

En octobre 2024, la BFMP commence à enquêter sur une banquière intérimaire de 31 ans du Crédit commercial de France, le CCF (ex-HSBC). Embauchée quelques mois plus tôt (en mai 2024) dans une agence du 7e arrondissement de Paris, elle est soupçonnée d'avoir volé 420 000 euros à une dizaine de clients dont elle gérait le portefeuille. L'intérimaire et ses cinq complices, qui avaient ouvert des fausses sociétés pour recevoir l'argent, ont été arrêtés début mars 2025 en Île-de-France. La banquière est passée aux aveux.

Ces exemples sont des cas de fraude trop facilement détectables. Les criminels l'ont bien compris et la majorité procède autrement, remarque la police.

Pour éviter de se faire attraper, les escrocs demandent aux banquiers intérimaires de se limiter à de la fourniture de données de clients. Finis les transferts directs. Ils font participer la victime pour qu'elle soit responsable et que la banque n'ait pas à coopérer. C'est plus discret pour tout le monde.

L'affaire qui suit est la parfaite illustration. On y retrouve le même escroc, Moha, et la même banque, la BNP.

Ce ne sont plus seize mais plusieurs centaines de victimes. Trois fois plus de dégâts, environ 600 000 euros.

Pourtant, cette fois, la banque va refuser de collaborer avec la justice.

Voici pourquoi.

Le caméléon Rhampholeon spinosus *ne mesure que cinq centimètres, mais son coup de langue est le plus puissant du monde.*

Chapitre 20

SIM-SWAPPING, LA NOUVELLE MENACE

Tout aurait dû se passer plus calmement, plus discrètement, et cette nouvelle arnaque aurait pu durer des années de plus. L'erreur d'Emmanuel B. aura été de vouloir vider le compte de Dominique Strauss-Kahn. Moha, lui, commettra l'erreur d'arnaquer un gendarme haut gradé.

Moha ne pratiquait plus de virements directs. Il ne s'était pas mis, non plus, à l'arnaque aux faux conseillers bancaires, non. Il expérimentait, en 2022, l'escroquerie qui est en train de lui succéder : le SIM-swapping (« échange de SIM », en français).

Le SIM-swapping a été inventé en 2018 aux États-Unis. Cette année-là, un gamin de 15 ans fait les gros titres de la télévision américaine.

Ellis Pinsky est un collégien d'une toute petite ville de l'État de New York, Irvington, à peine plus de six mille habitants. Ellis n'aime pas trop sourire et n'a pas vraiment d'amis proches. Cheveux bruns ébouriffés, début de barbe hésitante – un collier mal rasé – et le regard sombre comme la couleur de son iris, Ellis apprend à coder dès l'âge de 11 ans en échangeant avec des inconnus sur Twitter. Il est décrit dans la presse comme autiste, brillant et sociopathe.

Baby Al Capone

Un matin de 2016, le jeune Pinsky ouvre le *Wall Street Journal* qu'il aime bien lire de temps en temps et tombe sur un éditorial rédigé par Barack Obama. Le président des États-Unis y parle de l'importance de l'authentification à deux facteurs pour la sécurité en ligne des citoyens américains. Cette prise de parole, annonciatrice de nouvelles galères pour les pirates informatiques, le fait cogiter, le stimule. Comment la contourner ? Si la deuxième authentification était un simple SMS, alors, il faudrait trouver un moyen de l'intercepter.

Ellis Pinsky se met à chercher des employés des plus grands opérateurs téléphoniques américains Verizon et AT&T, de préférence en intérim, et leur promet quelques centaines de dollars en bitcoin contre des dizaines de copies de cartes SIM. Pas de problème, lui répondent-ils.

Le 7 janvier 2018, Ellis Pinsky cible Michael Terpin, 60 ans, poids lourd du monde de la cryptomonnaie, appelé « The Crypto Godfather » par la presse spécialisée. Terpin est P.-D.G. de trois entreprises dans le monde de la finance, leader d'influence sur les réseaux sociaux et, bien sûr, multimillionnaire.

L'adolescent appelle l'un de ses neuf contacts intérimaires – celui-ci chez l'opérateur AT&T – et déniche la carte SIM de Terpin. Il accède à son application bancaire, récupère le mot de passe temporaire envoyé par SMS et lui vole 24 millions de dollars. Arrestation, conférence de presse du procureur et articles : pour ce braquage virtuel, le *New York Post* surnomme Ellis Pinsky « Baby Al Capone ».

Baby Al Capone. L'histoire fait le tour des États-Unis et popularise le SIM-swapping : tout le monde peut s'y mettre et personne n'est à l'abri. En 2019, le patron de Twitter Jack Dorsey et l'actrice hollywoodienne Jessica Alba en seront victimes.

Le SIM-swapping débarque en France deux ans plus tard. Voici le schéma classique de l'arnaque, chez nous, aujourd'hui.

Tout commence, comme d'habitude, par de la récupération de données personnelles. Au choix : achetées sur le Dark Web, vendues par un banquier corrompu ou issue d'une campagne de *phishing* (SMS, mails et sites Web frauduleux).

L'escroc récupère vos informations de base : prénom, nom, date de naissance et numéro de téléphone. Il n'a besoin que des six premiers chiffres de votre numéro pour savoir quel est votre opérateur téléphonique.

Par exemple : 06 34 00 XX XX ? Vous êtes chez SFR.

C'est là que tout s'accélère. Son objectif sera de dupliquer votre carte SIM : il va appeler votre opérateur, se faire passer pour vous, dire qu'il a perdu sa SIM, ou bien qu'elle ne fonctionne plus, ou mal, et votre opérateur, certain d'avoir affaire à vous, lui enverra votre nouvelle carte.

Vous vous direz, tiens, bizarre, aujourd'hui je n'ai plus de réseau. Normal : la carte dans votre téléphone a été désactivée. Pendant ce temps, l'escroc va intercepter toutes vos conversations, vos appels, vos SMS et changera tous vos mots de passe sans que vous ayez la moindre notification. En deux clics, il se connecte à tous vos services en ligne, du moins, tous ceux qui nécessitent un numéro de téléphone. L'authentification à deux facteurs ne sert plus à rien : le criminel reçoit le code secret par SMS et pénètre dans vos comptes.

« Ne faites pas ça pour une carte de crédit de merde ! »

De quoi rendre l'escroquerie aux faux conseillers bancaires *has been.* Même plus besoin d'appeler les victimes ; les employés des opérateurs téléphoniques font le travail pour vous. En pensant bien agir, pour certains, et en se laissant corrompre, pour d'autres. Le problème de fraude interne chez les opérateurs est le même que celui des banques.

C'est ce que juges, policiers et gendarmes constatent. Un cybercriminel résume cette pratique dans une vidéo promotionnelle mise en ligne début 2024 (vérifiée par le site référence en cybersécurité zataz.com). Le criminel vend ses services : si on veut avoir accès à une carte SIM, il faut le payer 2 000 euros.

« Si c'est 2 000 euros, c'est parce que vous n'allez pas SIM-swapper une carte classique. Vous allez vider une grosse carte : une Infinit, une Business ou une Platinum. Dans tous les cas, c'est rentable. Vous allez effectuer des virements, vous allez faire ce que vous voulez. Mais ne venez pas me déranger si vous n'avez pas l'argent. Vu que vous êtes sûrs de rentabiliser votre achat, 2 000 euros, ça ne devrait pas vous poser de problème. Le temps que l'opérateur double la SIM, ça prend quarante-huit heures. »

Il ne distingue pas l'arnaque aux faux conseillers bancaires du SIM-swapping ; pour lui, les deux sont complémentaires.

« Imaginons que vous cibliez une personne avec une carte bleue dans laquelle se trouvent 100 000 euros. Au téléphone, la personne ne vous répond pas, ou ne veut pas confirmer le virement, ou vous donner l'accès à son compte, son identifiant, son mot de passe, bon. Que fait-on ? Imaginons qu'elle soit chez Orange. Moi, j'ai un contact chez Orange qui peut vous doubler la SIM de la victime. Il va doubler la SIM, c'est-à-dire qu'il bloque la SIM de la victime, mais elle ne sera pas au courant que sa SIM sera bloquée. Elle ne pourra plus recevoir de SMS. En gros, c'est pas cramé. Ensuite, avec le double de la SIM, vous pourrez vous-même confirmer les virements, récupérer son login, etc. Pour les intéressés, c'est très simple : j'ai des contacts chez Orange, SFR, Bouygues Telecom et Free. Venez me voir, vous payez, et je m'occupe de dire à mon contact de sortir la SIM. Ça prend en général quarante-huit heures. C'est pas instantané. Mais ne faites pas ça pour une carte de crédit de merde ! »

Dans la presse américaine, les portraits de victimes s'accumulent. En novembre 2024, ABC News interroge un Californien, Justin Chan. Victime de SIM-swapping, il a perdu 38 000 dollars – son histoire est tristement commune : en 2022, le FBI révèle que chaque victime de cette escroquerie perd en moyenne 42 500 dollars.

Un jour de septembre, Justin Chan remarque que son réseau ne fonctionne plus. Pas de barre, pas d'Internet, rien.

Quand il le retrouve, il remarque que tout l'argent de l'un de ses comptes a disparu. C'était le plus fourni, celui sur lequel il mettait de l'argent à disposition de sa mère, à la retraite, pour qu'elle puisse payer son loyer, ses courses et ses factures.

Atterré, Justin appelle son opérateur. Il veut savoir pourquoi ils ont changé sa carte SIM alors qu'il n'a rien demandé. On lui répond que ça a été vérifié. Comment ? demande-t-il. « On nous a donné les quatre bons derniers chiffres de votre carte de crédit. »

Voici donc la nouvelle arnaque qui s'implante sur le territoire français.

Moha était l'un des précurseurs.

En 2022, en attendant d'être jugé pour cette grave affaire de l'intérimaire de la BNP, il s'est mis au SIM-swapping.

« Les opérateurs vont se faire dépouiller »

Moha N. a donc vidé le compte de Thierry*, un gendarme très haut placé. Celui-ci alerte, à l'été 2022, la section de recherches de Versailles : l'antenne de lutte contre les criminalités numériques (AC3N) est chargée de l'enquête.

Les gendarmes identifient, à la base, une dizaine de victimes et 64 000 euros de préjudice. Ils arrêtent Moha à Vanves, en novembre 2022. Les militaires perquisitionnent son appartement et saisissent l'équivalent de 170 000 euros.

L'enquête se poursuit. Le juge en charge de l'instruction se rend compte que Moha, en incarcération provisoire, s'est procuré plusieurs téléphones portables en prison. Les enquêteurs en trouvent trois dans sa cellule. Moha jonglait. Sur l'un, il recevait des fiches clients, sur l'autre, il appelait les opérateurs et procédait à des manipulations pour effectuer des virements.

« C'est facile depuis la prison, se désole l'enquêteur Hervé. Tu sais à quelle heure on vient t'emmerder, à quelle heure on vient te contrôler, à quelle heure tu vas manger, à quelle heure tu vas faire du sport. Les téléphones portables, ils entrent avec les gardiens pour de belles sommes. Le téléphone que t'as à 1 000 euros à l'extérieur, tu le payes 3 000 en prison. »

Pendant son incarcération, entre novembre 2022 et mars 2023, Moha vole 600 000 euros à des innocents, des personnes lambda. Mais combien ?

Début 2023, la brigade des fraudes aux moyens de paiements reçoit une plainte qui mène les policiers jusqu'à Moha : l'enquête de la police rejoint celle de la gendarmerie. Les deux unités s'allient pour répondre à cette question : si Moha arnaque depuis la prison, a-t-il des complices à l'extérieur ?

Moha donne bien des instructions depuis sa cellule. Ses contacts vont chercher des colis qui contiennent des objets de luxe – sacs, montres, bijoux – ou des cartes SIM. Dans ce dernier cas, le procédé est simple : Moha indique une « nouvelle » adresse à l'opérateur téléphonique. Ses complices mettent le nom de la victime en question sur une boîte aux lettres à l'adresse indiquée, puis l'ouvrent avec une clé générique.

Février 2023

Le juge d'instruction réfléchit à une option étonnante ; faut-il libérer Moha N. contre le paiement d'une caution d'un million d'euros ? Un million contre un placement sous contrôle judiciaire. « Il les paiera, lui assure un enquêteur. Mais vous pouvez être sûr qu'il disparaîtra et qu'on ne le retrouvera pas. » Le juge rencontre Moha dans l'après-midi et lui suggère officieusement cette caution. Sa réaction : « Est-ce que ça comprend déjà tout ce que vous m'avez saisi ? »

Parce qu'en trois perquisitions, les policiers et gendarmes ont déjà raflé 500 000 euros de biens. À chaque fois, Moha rachète tout à l'identique depuis la prison et remeuble son appartement comme si de rien n'était. Sa copine y habite encore et Moha tient à ce qu'elle vive dans le confort. Meubles, canapés, tables basses, vaisselle… Même sa nouvelle PlayStation l'attend pour le jour de sa sortie.

Début décembre 2023, la gendarmerie de Versailles identifie huit complices et les place en garde à vue. Cinq seront relâchés et trois mis en examen pour escroquerie en bande organisée : deux femmes, dont la copine de Moha, et un homme, tous âgés d'une trentaine d'années.

Nouvelle perquisition chez Moha. Tout est encore refait à neuf, à l'identique. Il s'est racheté une nouvelle voiture. La PlayStation repart, comme 150 000 euros de meubles et 90 000 euros en cash.

Un policier fouille un téléphone de sa copine. Dans son répertoire, il tombe sur un contact au nom sans équivoque : « coffre-fort ». Le code est celui d'un coffre privé situé dans le 15ᵉ arrondissement de Paris. Il n'est pas ouvert au nom de Moha N., ni au nom de sa copine, mais à celui de la sœur de sa copine, qui ne porte pas le même patronyme qu'elle.

La porte est grande, elle fait la taille d'une porte d'entrée de maison. En l'ouvrant, les policiers tombent sur une rivière de diamants sur laquelle trônent quelques montres en or blanc de marque Chaumet, estimées à 80 000 euros l'unité.

Moha N. et ses complices présumés n'ont pas encore été jugés.

Finalement, dans cette affaire de SIM-swapping, la police identifie 200 victimes. Sur ces 200, un fait interpelle logiquement les enquêteurs : 99 % des personnes arnaquées sont des clients de la BNP Paribas. Au vu de son passif dans la première affaire avec Azam, l'intérimaire de la BNP, la police et la justice soupçonnent une nouvelle fraude interne organisée avec un ou plusieurs autres employés de la BNP.

Interrogé à ce propos, Moha n'a rien avoué.

Le juge d'instruction a demandé à la BNP de procéder à un audit pour identifier le ou les potentiels complices en interne.

La BNP n'a jamais donné suite.

Informée de la tournure que prenait l'enquête, du nombre de victimes chez ses clients, la banque, victime puisqu'elle a dû tout rembourser, n'a pas souhaité se constituer partie civile. « Si la BNP avait décidé de se constituer partie civile, elle aurait obtenu réparation. Mais la banque préfère ne pas coopérer : une mauvaise publicité, avouer qu'ils recrutent des escrocs, ça leur ferait perdre encore plus d'argent. » Toujours pour cette raison : la réputation avant tout.

Quand je raconte cette histoire à Frédéric Guyonnet, le président du Syndicat national de la banque, il n'est pas plus choqué que ça. Il touille son thé et hausse les sourcils.

Parce que, pour lui, oui, c'est commun. « J'ai vu des cas pires que ça. Le premier truc qui me vient en tête, c'est ce conseiller bancaire qui a fait signer une assurance décès sur un lit de mort en mettant son nom dessus. Quand une banque se rend compte de ça, elle vire la personne, mais c'est juste pour ne pas garder l'escroc. Donc, oui, c'est vrai qu'il peut se faire employer ailleurs. »

Les chaises musicales du crime en col blanc.

« J'ai en tête un autre cas, me dit le syndicaliste. C'était une fille, une conseillère, employée à la Banque populaire à côté d'Agen (Lot-et-Garonne). J'ai suivi ce dossier. Elle avait 22 ou 23 ans. Elle était citée en exemple dans la boîte, parce qu'elle était vue comme la meilleure commerciale de la banque. Alors qu'elle détournait de l'argent. La jeune femme ouvrait des comptes pour des escrocs. Ça a duré trois ou quatre ans. Quand la Banque Populaire a détecté ses manipulations, elle a été virée. Ensuite ? Elle a été embauchée à la Caisse d'Épargne. Puis virée. Puis embauchée à la Société Générale. »

Après s'être tournées vers l'intérim, les banques mettent le paquet sur l'alternance : six mille contrats sont signés entre 2019 et 2020.

Premiers recrutements, premiers soupçons et première enquête de police. En 2022, chez Be4Bank, un alternant, Douglas K. est licencié pour faute grave. Il est accusé d'avoir consulté des comptes de clients sur des jours de congé avec deux autres employés, Lamine E. et Olivier K.

À trois, ils ont détourné 400 000 euros. Ils avaient cédé aux sirènes des escrocs sur les réseaux sociaux. En échange d'argent, ils leur livraient des informations, modifiaient les accès à des comptes bancaires avant de procéder à des virements vers des comptes rebonds.

En judiciarisant l'affaire, Be4Bank fait figure, selon la police, d'exception parmi les établissements bancaires dans la lutte contre la fuite de données.

En France, le SIM-swapping n'en est qu'à ses prémices. Les enquêteurs de police prédisent une explosion des cas à cause d'une nouvelle technologie déjà bien en place : la eSIM. « C'est ce que les opérateurs nous racontent, me dit Oscar. Ils vont se faire dépouiller. C'est le terme qu'ils emploient. »

La eSIM est une carte SIM dématérialisée, plus petite et directement intégrée à votre téléphone. Elle est soudée à la carte mère. Les constructeurs la bénissent : elle leur permet de gagner de la place sur le petit tiroir à carte SIM. « Elle est rapide à activer via une connexion Wi-Fi, facile à utiliser et entièrement numérique, ce qui est bon pour la planète » se vante SFR sur son site Internet.

L'intégralité des prochains Samsung et iPhone seront compatibles, voire, ne laisseront plus le choix de son utilisation. Formidable occasion pour les cybercriminels : tout est simplifié. Là où, avant, ils avaient besoin d'aller chercher la carte SIM dans l'agence de l'opérateur ou dans une fausse boîte aux lettres, désormais, la eSIM de la victime arrive directement sur leur téléphone grâce au simple scan d'un QR Code envoyé par l'opérateur.

La dernière tendance, chez les escrocs, est de viser les cartes SIM inactives qui appartiennent (ou plutôt appartenaient) à des personnes récemment décédées.

Aux dernières nouvelles, un mort ne porte pas plainte.

Chapitre 21

La France, championne des fuites de données

Paniqués par la hausse à venir de la pratique du SIM-swapping, les quatre principaux opérateurs téléphoniques français Orange, Free, Bouygues Telecom et SFR ont annoncé début décembre 2024 qu'ils uniraient leurs forces en 2025 pour lutter contre ce phénomène.

Problème : justement, fin 2024, les bases de données des opérateurs Free et SFR ont été compromises.

Le 3 septembre, SFR confirme un « incident de sécurité ». 50 000 abonnés ont été victimes d'une fuite des données suivantes : nom, prénom, numéro de téléphone, adresse postale, mail, données contractuelles, IBAN et numéro d'identification de la carte SIM.

À peine plus de deux mois plus tard, fin novembre 2024, le collectif de pirates Near2tlg fait une annonce glaçante sur Telegram.

« Nous avons réussi à infiltrer plusieurs systèmes informatiques et à accéder à un grand nombre de bases de données sensibles, y compris celles de grandes entreprises comme SFR [...] En seulement une semaine, notre groupe, récemment formé, a démontré sa capacité à exploiter efficacement les vulnérabilités des infrastructures numériques [...] Nous mettrons à l'épreuve toutes les entreprises qui choisissent de privatiser les bénéfices générés au détriment de la sécurité de leurs utilisateurs. »

Le groupe revendique le vol de 3,6 millions de données. SFR répond, par le biais d'un communiqué, qu'il n'a pas été victime de ce nouveau piratage. Ce qui pousse, quelques heures plus tard, Near2tlg à publier les données en ligne.

« SFR préfère mentir à ses clients. Ceci ne peut pas rester impuni, alors servez-vous mes frères ! »

Entre ces deux piratages de SFR, Free a été victime, à son tour, d'une fuite historique. 19,2 millions de données de clients ont été piratées en octobre 2024 dont 5 millions d'IBAN qui sont, depuis, dans la nature.

Le suspect à l'origine de ce piratage massif a été arrêté le 13 janvier 2025 à son domicile à Breuillet, un petit village en Essonne, m'indique un policier. Il s'agit d'un mineur de 17 ans, accusé d'avoir piraté le système de sécurité de l'opérateur pendant deux semaines, entre le 8 et le 21 octobre 2024. Devant les enquêteurs, il a reconnu avoir touché 10 000 euros.

Spectaculaire, n'est-ce pas ? C'est français. Oui, la France est championne d'Europe des fuites de données.

Le site SurfShark, expert en cybercriminalité, publie tous les ans un rapport qui fait état des pays les plus touchés par les fuites de données.

On constate que les plus grandes puissances économiques mondiales sont les plus touchées. La Chine est en tête (940 millions de comptes piratés), suivie de la Russie (920 millions), des États-Unis (688 millions) et de la France.

L'Hexagone est passé de 11 millions de comptes compromis en 2023 à… 146 millions en 2024, soit une multiplication par quatorze en un an !

En matière de ratio, c'est encore pire. L'étude révèle que la population française est la deuxième population la plus à risque au monde, avec 2 300 comptes piratés pour 1 000 habitants. Seule la Russie fait pire.

Ainsi, en 2024, les escrocs ont réalisé 83 % des fuites de données en seulement quatre piratages.

7 février : les mutuelles Viamedis et Almerys, 33 millions de comptes piratés ;

5 mars : France Travail (ex-Pôle emploi), 43 millions ;

7 septembre : Boulanger, 27 millions ;

17 octobre : Free, 19 millions.

Le résultat – à l'unanimité des experts en cybersécurité que j'ai interrogés – d'un cruel manque d'investissement de la part des plus grandes institutions françaises en matière de protection informatique. « C'est lunaire, me dit l'un d'eux, mais elles n'avaient tout simplement pas envisagé qu'un jour, un piratage massif puisse leur coûter plus cher que des dépenses pour protéger leurs clients. » Cher en réputation, oui. Pour ce qui est de l'amende, c'est encore à prouver.

En France, la CNIL (Commission nationale de l'informatique et des libertés) est chargée de veiller à la protection des données personnelles. Elle peut mener des enquêtes, exiger des audits de sécurité et, surtout, sanctionner financièrement les entreprises en cas de négligence ou d'absence de mesures adéquates pour protéger les données des utilisateurs.

En analysant les rapports annuels de la CNIL, je découvre un paradoxe : en 2023, le montant des amendes adressées aux entreprises défaillantes était de 90 millions d'euros, contre seulement 55 millions d'euros en 2024 malgré une année record. Comment l'expliquer ?

Je contacte la CNIL par mail. Sans réponse pendant quelques jours, j'appelle le chargé de communication pour lui demander s'il a bien reçu mon message ; il cherche, ne voit rien à mon nom et finit par me trouver… dans les spams.

La CNIL m'informe qu'elle peut imposer deux types de sanctions.

La première, par procédure simplifiée, est utilisée pour des cas moins graves et permet de prononcer rapidement des amendes (20 000 euros maximum).

La seconde, par procédure ordinaire, concerne des violations plus sérieuses et nécessite un examen plus approfondi des faits. Les amendes peuvent alors être beaucoup plus élevées, en fonction de la gravité des manquements et de la taille de l'entreprise concernée, sans limites spécifiques.

Les petites sanctions ont augmenté, passant de 24 en 2023 à 69 en 2024.

En revanche, les grandes sanctions se font attendre : aucune des entreprises citées ci-dessus (France Travail, Boulanger, Free ou les mutuelles) n'a été condamnée par la CNIL à l'écriture de ces lignes.

Chapitre 22

« Si quelqu'un me rappelle en pleurs ? J'oublie. »

Octobre 2024 – dixième mois d'enquête

Je n'ai toujours pas réussi à rencontrer d'escroc en face-à-face. Je mise sur un ancien pote de fac qui, je pense, devrait connaître l'un des membres du groupe d'arnaqueurs de l'affaire DSK. Je lui envoie le screen du profil Instagram du type en question.

— Tu connais ?

— Lui non, pas directement, mais on a des potes en commun. C'est pourquoi ?

— J'écris un livre sur l'arnaque aux faux conseillers bancaires. Une enquête. Et j'aimerais bien le rencontrer. Il a été jugé en 2023. Son groupe avait tapé dans les comptes de Dominique Strauss-Kahn et d'autres inconnus. J'aimerais avoir sa version, qu'il m'explique pourquoi il a fait ça à tant de personnes, savoir s'il a déjà ressenti de la peine ou ne serait-ce qu'un malaise, une fois, pour une victime. Est-ce qu'il a déjà eu envie d'arrêter ? Est-ce qu'il a eu peur de la prison ? Tous ces trucs humains dont ces types ne parlent jamais, que ce soit sur les écoutes, lors des interrogatoires ou même à leurs avocats.

— Juste, je te préviens. Les escrocs comme lui, je les connais et ça parle pas comme ça. Faudra payer.

— Je vais pas le payer.

— Ils jurent que par ça.

— J'ai rien.

— Bah, sache que, s'il veut bien parler, il te donnera rendez-vous dans un endroit secret. Seul à seul, deux chaises face à face, dans sa cité. Visage couvert.

— Tout ce qui m'intéresse, c'est de lui parler. C'est tout.

— Vas-y. Laisse-moi quarante-huit heures. Je vais tenter un truc. Y a moyen que ça le fasse. On s'appelle.

Quarante-huit heures plus tard, rien du tout.

Mon pote ne répondait plus. Je l'imaginais se faire embrouiller pour avoir fait l'intermédiaire avec un journaliste.

Il y a cela de commun à cette nouvelle génération d'escrocs. Rois du monde dénués d'empathie sous couverture, banals dans la vraie vie. Dire oui à une rencontre physique, c'est accepter de dévoiler sa partie fade, honteuse et prendre le risque de la repentance, quand leur univers parallèle les dispense de se regarder dans une glace.

Mes relances sont toujours en attente.

J'entrerai en relation avec un escroc différemment.

Par chance.

23 octobre 2023

Je viens de passer la matinée au tribunal judiciaire de Paris pour chercher des informations sur une affaire de siphonnage de données dans une banque. En vain.

Je claque la porte et je reçois un appel. Un avocat, peut-être ?

— Bonjour, monsieur.

— Bonjour ?

— Je suis monsieur Hervy du service des fraudes de la Caisse d'Épargne.

Quel fabuleux hasard. Un faux conseiller bancaire est au bout du fil.

Pour me mettre en confiance, il me donne une adresse à laquelle je n'habite plus depuis longtemps. J'avais dû remplir ça il y a quelques années sur je ne sais quel dossier qui a fuité récemment sur le Dark Web. Je sors mon dictaphone. Il n'a pas l'air très bon ; il m'appelle avec un 07.

— Monsieur Hervy ? Quel est votre prénom ?

— Steven, Steven Hervy. On a détecté des paiements frauduleux avec la carte que vous avez chez nous. On voulait savoir si vous étiez bien l'auteur de ces paiements. Ce sont deux paiements qui ont été effectués en Belgique.

— En Belgique ? C'est possible, oui, j'y vais souvent.

— Ç'a été effectué ce matin à 5 h 34. Le souci, c'est que c'est un montant assez conséquent. Il y en a pour 1 600 euros.

Accent du Sud-Est, voix bien tenue. Il m'assure que l'achat a été fait à 5 heures du matin sur Cdiscount et qu'il y en a pour 1 600 euros. Il évoque une carte terminant par 2209. C'est bien comme cela que terminait mon ancienne. Je continue de jouer le jeu.

— Ah OK, oui, c'est bien ma carte. Vous pouvez la bloquer ?

— D'accord. Je vais mettre la carte en opposition.

— Juste, pourquoi vous m'appelez avec un 07 ?

— C'est mon numéro de téléphone professionnel.

— D'accord ! Et vous êtes basé où ?

— Je suis à Mulhouse.

— Pourquoi Mulhouse ? Ma banque est en Bretagne, dis-je.

— Votre agence, oui, mais nous c'est le service des fraudes. On gère les arnaques à la carte bancaire, les paiements frauduleux, tout ça.

— Bon, on arrête tout. En vrai, je suis journaliste. Et j'enquête justement sur cette arnaque. Alors, dis-moi : depuis que les opérateurs se mobilisent contre le *spoofing*, est-ce que t'arrives encore à vider le compte des gens ?

Il se tait cinq secondes.

— C'est quoi ce truc de fou ? Comment ça journaliste ? T'enregistres là ?

Il se marre, puis s'inquiète. Je relance.

— Je pense que c'était pas trop la discussion à laquelle tu t'attendais.

— Oh la la, non pas du tout.

— Ça te dérange pas de parler ?

— Non, non, non, je veux pas parler et je veux pas être enregistré.

— Depuis le 1er octobre, les opérateurs s'activent pour vous empêcher d'afficher le numéro des banques. Ça marche ? Ça change quoi pour toi ?

— Tu poses beaucoup de questions.

— T'as commencé.

— Vas-y, je vais te laisser, hein.

Il raccroche. Je le rappelle.

— Pourquoi tu rappelles ?

— Viens on parle, non ?

— Qu'est-ce qui a ?

— Je saurai jamais qui t'es.

— Tu me payes ?

— Hein ?

— Tu me payes ?

— Si je te paye ? Tu voles je ne sais combien à des gens tous les jours et tu veux que je te paye pour ça ?

— Tu me payes et je te laisse. Paye-moi. Paye-moi et je te réponds.

— Pour ?

— Paye-moi et tu m'interviewes.

— T'as tellement de culot. Je vais pas te payer.

« Si quelqu'un me rappelle en pleurs ? J'oublie. »

— Bon ! Qu'est-ce que tu veux savoir ?
— Pour l'enquête que je fais, est-ce que…
— Mais comment ça une enquête ? C'est quoi ce que tu fais ?
— C'est un livre.
— Un livre ? Non mais sérieux, t'es qui ?
— J'enquête sur les types comme toi.
— Moi ? Je suis quelqu'un de banal, en vrai.
— Tu ne m'as pas répondu pour l'impossibilité d'appeler avec le numéro des banques. Est-ce que les gens tombent dans ton piège quand t'appelles juste avec un 07 ?
— Oh oui, toujours ! Faut juste savoir bien parler. La quantité d'informations sur eux suffit.
— Et tu passes tes journées à faire ça ?
— Non, j'ai une vie, frère.
— Tu t'en fiches de vider le compte des gens ?
— C'est soit ça, soit je mange pas.
— T'as pas besoin de voler des milliers par mois à des innocents pour t'acheter à manger. Et t'es pas Robin des bois, tu tapes pas dans les caisses de riches pour redonner aux pauvres.
— Ça, tu sais pas.
— Il y a plusieurs profils chez vous. D'abord, ceux qui ont des regrets, très rares. Puis, ceux qui volent et qui partent avec l'argent. Et enfin, les derniers, ceux qui volent, qui partent avec l'argent et qui rappellent les victimes pour les humilier. T'es dans quelle catégorie ?
— Celle qui s'en bat les couilles.
— Quelqu'un qui va te rappeler, en pleurs, en t'implorant de lui rendre son argent, ça ne va rien te faire ?
— Non. Je ne calcule pas. J'oublie.
— Et tu fais quoi avec tout cet argent ? Des voyages ?
— Non.
— Tu t'achètes juste des pâtes, c'est ça ?
— Voilà, je suis dans ça. Dans les raviolis.

— T'as commencé quand ?

— Y a trois ans.

— Tu connais l'histoire de ceux qui ont arnaqué Dominique Strauss-Kahn ?

— Non, j'ai pas vu. C'est quoi ?

— Un groupe qui fait partie des précurseurs de cette arnaque. Les huit gars se sont fait arrêter en 2021, puis juger en 2023.

— Ils ont dû prendre cher…

— Jusqu'à cinq ans.

L'escroc devient menaçant. Il m'informe qu'il a balancé mon numéro de téléphone à ses collègues arnaqueurs pour qu'ils m'appellent. Ce qui, objectivement, aurait été bienvenu à ce moment de l'enquête.

— Tout le monde va t'appeler et tu t'en fous ?

— C'est même bien s'ils m'appellent sur ce numéro.

— Mais c'est quoi ton but ?

— De comprendre l'ampleur du phénomène. Et savoir pourquoi vous arrivez à faire tout ça. Je pourrai te rappeler ?

— Vas-y, toi. Ciao.

Aucun appel reçu, hélas.

Ce genre d'appel sera bientôt obsolète, me dit Fred, à la police judiciaire. Grâce, ou à cause de l'intelligence artificielle. « Ça va être fou. Ça commence à peine là. Tu fais comment quand tu décroches et que t'entends la voix de ta mère ? Tu peux lui poser des questions perso, à la limite. Mais tu fais comment quand c'est la voix de ton boss ? Ou pire, son apparence parfaite en visioconférence ? Hein ? »

Chapitre 23

À LA MERCI DES *DEEPFAKES*

Il faut passer à côté de la petite barrière noir et blanc pour accéder au premier escalier du parc. La montée dure environ une demi-heure. Vingt minutes pour les plus sportifs. Ambiance tropicale ; les feuilles humides viennent perturber l'ascension, mais ça a son charme. Au premier point de vue, vous aurez du mal à apercevoir la ville dans son ensemble. Il faut monter encore un peu. Les marches sont plus étroites et glissent à cause de fines pellicules d'eau déposées par les nuages. Encore cinq minutes. Voilà le sommet.

Le parc Lion Rock est une bouffée d'air, un ballon d'oxygène sur la colline du nord de Hong Kong. Il offre un point de vue sur les reflets de soleil des vaguelettes de la baie et sur les tours ; toutes ces tours qui ressemblent à un ensemble de KitKat géants. En regardant sur la droite, juste au pied du parc, vous apercevez la plus grande université de la ville. Sur le trottoir d'en face, il y a un centre commercial. Vous pouvez y acheter un parfum chez Occitane, un jean chez Levi's ou manger des tenders chez KFC ; en soi, tout ce que vous pouvez déjà faire à Châtelet. Ce que vous ne pouvez pas trouver à Paris, c'est le bâtiment au bout de cet escalator : l'entreprise Arup.

Arup Group est une boîte britannique qui emploie plus de quinze mille personnes dans le monde. Elle fait partie du haut, du très haut niveau dans le conseil de constructions de monuments. Les meilleurs architectes de la planète rêvent de collaborer avec. Voyez plutôt : Arup a dessiné le Centre Pompidou à Paris, l'Opéra de Sydney, l'Allianz Arena du Bayern de Munich ou, encore, la High Speed 1, la première ligne à grande vitesse de Grande-Bretagne.

Arup s'implante en Asie au milieu des années 1970. Mais c'est au début des années 2000 que son activité connaît une croissance fulgurante. Pour les Jeux olympiques 2008 de Pékin, ses ingénieurs confectionnent le très célèbre Nid d'oiseau, le stade iconique de la compétition. Un an plus tard, la tour Canton, six cent quatre mètres, quatrième plus haut gratte-ciel du monde, sortira de terre.

Janvier 2024, un nouveau grand projet va voir le jour en Asie. C'est encore un secret. Une réunion est prévue en visioconférence. Un cercle restreint entre le P.-D.G., resté en Grande-Bretagne, le directeur financier et quelques membres du bureau de Hong Kong. Le président prend la parole. Il se présente et demande que chacun fasse de même dans un tour de table. Maintenant qu'on sait qui est qui, messieurs, voilà le projet, voici les tenants, les aboutissants ; vous comprenez qu'on ne peut pas tout dire, on est ici pour parler finances, on vous en dira plus plus tard. Merci de votre confiance et de votre efficacité, on se revoit bientôt, ça va être génial, Arup Group grandit.

Le 4 février 2024, la police de Hong Kong annonce qu'un « employé d'une multinationale » a effectué un virement de 25 millions de dollars en quinze transactions, trompé lors d'une fausse vidéoconférence réalisée à l'aide de *deepfakes.* Le *deepfake* est une technologie qui utilise l'intelligence artificielle pour créer des vidéos hyperréalistes. On peut, vous l'avez compris, faire tenir un discours à une personne qu'elle n'a jamais tenu.

Voici comment les escrocs ont agi.

Ils ont téléchargé des vidéos d'employés, accessibles sur YouTube, et utilisé un logiciel de *deepfakes* pour créer des copies fidèles de leurs visages et de leurs voix. Ce logiciel a analysé les traits, les expressions et les intonations vocales des employés permettant ainsi de reproduire leur apparence et leur voix de manière parfaite, rendant la fraude quasiment indétectable.

Le comptable qui a réalisé le virement de 25 millions de dollars était le seul être humain de cette réunion. Il était en confiance après avoir *reconnu* certains collègues.

Le président régional d'Arup en Asie du Sud-Est, Andy Lee, s'est vu dans l'obligation de démissionner après une carrière de vingt-six ans dans la même entreprise.

Premiers cas en France

Quelques mois avant le scandale de Hong Kong, la première grosse affaire de *deepfake* en France a été confiée à l'avocate Claire Poirson. « J'ai eu cette chance, si on peut dire. » Le procédé est similaire, mais plus intimiste.

L'histoire se passe à Paris, début 2023. La comptable de l'entreprise, spécialisée dans le design de pièces de voiture, reçoit plusieurs mails d'un fournisseur qui lui demande de changer son RIB.

Elle trouve ça louche et met le dossier de côté quelques jours. Jusqu'à ce que son propre P.-D.G. lui laisse un message vocal exaspéré, un soir, juste avant de partir, pour lui demander pourquoi elle n'avait pas répondu à la demande du client, que ça devrait déjà être fait et qu'on ne peut pas le perdre. Elle s'exécute et rentre chez elle.

Pendant un an, les escrocs qui ont utilisé la voix du P.-D.G. au téléphone vont toucher de petites sommes pour un montant total de 100 000 euros. L'arnaque a été découverte le jour où le P.-D.G. en question a croisé le patron du fournisseur sur un salon. « Pourquoi tu ne me payes plus ? Il y a un problème ? »

La comptable a failli être virée. Mais le P.-D.G., qui a écouté le message vocal, a été bluffé par la technologie utilisée par les escrocs. L'employée a pu garder son poste. « Depuis, ça arrive tous les jours », m'assure l'avocate.

La dernière enquête de Regula, entreprise spécialisée dans la sécurisation de l'identité numérique, dévoile qu'en 2024, près de 50 % des entreprises dans le monde ont déjà été confrontées à des escroqueries de *deepfakes* audio et vidéo (contre 33 % en 2022).

L'Amérique du Nord est le continent le plus touché par l'augmentation de la fraude par *deepfakes* (+ 1 740 % entre 2022 et 2023) suivi de l'Europe (+ 780 %).

Face à ce phénomène, les autorités sont dépassées.

En décembre 2024, aux États-Unis, le FBI a alerté sur l'explosion de l'utilisation des fausses images, des fausses voix et des fausses vidéos par les cybercriminels et a donné, c'est déjà ça, quelques conseils pratiques : « utilisez une phrase secrète avec votre famille pour vérifier leur identité » et « si possible, limitez les publications de votre image et de votre voix en ligne ». On y lit, on y devine l'impuissance de la plus grande institution policière mondiale face aux futurs dégâts qui lorgnent sa population.

L'alarme se déclenche, le tsunami n'est qu'à trois cents mètres.

En France, la police judiciaire anticipe en recrutant des hackers éthiques, des activistes ou des experts en fraude.

Jonathan Spedale est l'un d'entre eux. En 2018, il a créé son entreprise : Cyber Moustache.

Le nom fait rire. Ses pratiques, pas du tout.

Bien que conscient de son espèce et de son environnement, le caméléon peut être trompé par le camouflage de l'un de ses congénères.

Chapitre 24

Générique de fin

Jonathan Spedale est menacé de mort.

En août 2024, il a créé l'association Qui osintera verra (contraction de « Qui vivra verra » avec « Osint », une méthodologie qui permet de retrouver des informations publiques sur Internet).

Slogan de l'association : « Ta victime avait un nom, nous aurons bientôt le tien. » But : aider les victimes de cyberharcèlement à gagner en justice. Une activité bénévole, à visage découvert, en parallèle de son travail d'analyste fraudes.

Avant de traquer les harceleurs et les escrocs, Jonathan Spedale a eu plusieurs vies. D'abord, artiste. Danse classique à l'âge de 4 ans avec sa sœur, puis cascadeur et même figurant dans un film, *Battle of the Year*, avec la superstar Chris Brown en tête d'affiche.

C'était l'époque des rêves de danse et des cheveux longs. Aujourd'hui, il se présente face à moi crâne rasé, petite barbe et moustache impeccable. Les enceintes du café alternent entre Manu Chao et Julien Doré. On commande deux assiettes de pâtes carbonara.

Jonathan m'a été recommandé par un policier. Il a deux préoccupations : la première, que l'on se souvienne de lui comme celui qui a changé la lutte contre la fraude. Le syndrome du super-héros coule dans ses veines. La seconde, que les journalistes arrêtent de confondre hackers et pirates. Hackers, pour lui, c'est les gentils, ceux qui détectent les failles dans les systèmes de sécurité pour les réparer. Pirates, c'est les méchants, ceux les utilisent à des fins malveillantes.

Le moustachu découvre le monde de l'entreprise en 2016. Il est employé par La Maison du bitcoin où il apprend la détection de faux documents. Il rejoint showroomprive.com puis Rakuten, principal concurrent d'Amazon, en tant qu'analyste fraude. Il aurait pu y rester longtemps. Mais il fait partie des rares qui préfèrent l'éthique à la paye.

Un soir, en 2023, Jonathan détecte une fraude. Il est certain que là, sous ses yeux, de faux conseillers bancaires sont en train d'agir. Ils tentent d'acheter des téléphones et des PlayStation. Il prévient son boss qui lui répond : « C'est un paiement validé par un 3D Secure, donc j'en ai rien à foutre. C'est pas notre problème. C'est celui de la banque. Si on annule ces paiements, ça va casser notre chiffre d'affaires », avant d'autoriser la transaction des escrocs.

Tous les sites commerçants trouvent leur compte dans cette arnaque, m'assure-t-il.

Jonathan raconte que trois jours plus tard, le service des fraudes de Rakuten reçoit, comme attendu, des mails des victimes en question des faux conseillers. « À quoi bon employer des analystes fraudes, alors ? », je demande. « Pour repérer ceux qui volent de l'argent à Rakuten ! Pas pour aider les gens qui perdent de l'argent en se faisant arnaquer. »

Après cet épisode, Jonathan, dégoûté, démissionne. Il se lance en tant qu'analyste indépendant. Depuis, il est contacté tous les jours par de grandes entreprises de e-commerce et des banques qui le payent pour qu'il puisse détecter les failles dans leurs services de sécurité.

Il connaît le Dark Web comme sa poche et les escrocs comme s'il les avait faits. Sur Telegram, il a infiltré tous les canaux d'arnaqueurs français les plus influents. C'est comme ça qu'il se tient au courant, minute par minute, de l'évolution des technologies employées par les escrocs.

Jonathan décale son assiette, pousse son verre et ses couverts pour faire un peu de place sur la table. Il sort son ordinateur portable, tape son code, branche toutes sortes de gadgets et tourne légèrement son écran vers moi pour que je puisse comprendre le monde auquel il appartient.

Il ouvre Telegram. « Merde. Ça, c'est mon vrai compte. » Il se connecte avec l'autre, celui avec lequel il se fait passer pour un arnaqueur en début de carrière, un débutant qui a soif d'apprendre. Tout est là, sous nos yeux. La démonstration commence.

« Lui, c'est *Doc Sellers*. Regarde, on a un peu parlé. Il me donne des techniques pour passer la vérification d'identité chez les banques. Il vend un boîtier qui coûte 500 euros qui permet de faire croire à la banque que tu réalises un selfie dynamique en direct en bougeant tes yeux, alors que tu envoies simplement une vidéo déjà prête avec cette petite boîte. »

D'autres, comme *KYC Bank Accompt*, vendent des comptes à 500 euros l'unité, déjà ouverts sous fausses identités.

Celui qui fut le roi des faussaires sur Telegram n'est plus. *Poséidon* a sauté après l'arrestation de Pavel Durov, le créateur de Telegram, qui collabore désormais avec les forces de l'ordre. *Poséidon* était le plus cher – 1 100 euros le passeport physique – mais de loin le meilleur. Il était quasiment, voire complètement impossible pour la police de distinguer le vrai du faux. Il proposait cartes d'identité, permis, cartes grises, diplômes et assurait le service après-vente.

Ce qui me marque le plus, c'est le gang des infiltrés en préfecture. Ils s'appellent *Hollandais volant*, *Monsieur Le Préfet* ou *X Premium*. Leurs services dépassent ce que j'imaginais. « Si tu veux avoir un diplôme officiel, il te le fait. Tu payes 700 euros et soixante-douze heures plus tard, t'es enregistré dans la base de données officielle de l'État avec la clé de contrôle. Tu peux donc avoir ton bac et une licence à la Sorbonne sans n'avoir jamais mis un pied ni au lycée ni à la fac. »

Un agent de la préfecture de l'Isère et cinq complices issus de la mafia grenobloise ont été arrêtés et incarcérés en juin 2023. Le principal suspect vendait des titres de séjour à des prix qui pouvaient atteindre les 35 000 euros pour une validité de dix ans. Ses clients étaient pour la majorité des citoyens algériens et tunisiens. En trois ans, il a généré 7 millions d'euros et délivré plus de deux cents pièces.

Jonathan interrompt notre discussion pour répondre à un message. Il échange avec un ancien agent du FBI, mais ne m'en dit pas plus. Pendant ce temps, sur son écran ouvert, je guette. Un vendeur propose un décodeur DTMF, un boîtier qui permet de détecter en temps réel sur quelle touche la personne appuie grâce à la fréquence sonore du clavier. Quand la victime va taper 1, l'escroc reçoit 1. Si elle tape 2, il reçoit 2, et ainsi de suite. Parfait pour récupérer un code de connexion sans le demander.

Il y aurait tout pour s'extasier devant une telle quantité d'informations, mais le récit de Jonathan reste sobre. Il reprend sa présentation avec le calme de l'habitude.

Il glisse sa souris sur la colonne des discussions et fait défiler jusqu'à cet onglet, WormGPT. Un ChatGPT illégal. Jonathan lui demande des conseils de fabrication d'une bombe ; l'outil les lui donne aussitôt. « Les escrocs l'utilisent pour faire des nouveaux mails sans faute et plus crédibles. Là, regarde, je lui demande : aide-moi à réaliser une campagne de fraude, fais-moi un e-mail qu'une société utiliserait. » Tout sort. Il n'y a plus qu'à préciser, affiner, en fonction de la cible. Fini les fautes. Du travail prémâché pour les escrocs les plus négligents.

— Tu veux voir comment on crée une fausse pièce d'identité ?

— Carrément.

— Vas-y, dis-moi comment on l'appelle.

— Je sais pas. José. José Sélignac.

— OK, José Sélignac. Tu vas voir, c'est tout simple. Tu vas sur onetimes.org. C'est un site payant. Tu dois te faire un compte et acheter des crédits. Tu les utilises pour avoir le droit de créer la pièce d'identité que tu veux, de n'importe quel pays. Là, on va sélectionner la France, on va mettre une vieille photo de moi. On tape J-o-s-é *espace* S-é-l-i-g-n-a-c. Né le 8 octobre 1981 à Toulouse. On fait une petite signature. Voilà, ta pièce est faite. Ensuite, tu choisis si tu veux une imitation scan ou une imitation photo. Je peux t'assurer que même moi, en tant qu'analyste fraude, je peux me faire avoir par ce réalisme.

Seulement, certains systèmes de vérification d'identité peuvent aujourd'hui détecter qu'il s'agit d'un montage fait par ordinateur. Pas à cause d'un défaut d'apparence, non, rien à dire là-dessus. Mais parce que cette photo n'aura pas de *métadonnées*. Ces métadonnées indiquent la provenance de la photo avec l'heure, le lieu et le modèle de portable avec lequel elle a été prise. « Bah là, ce site te permet de rajouter ces informations dans ton faux document. Allez, on va mettre : photo prise par un iPhone 12 à Toulouse à 12 h 30. Avec ça, les escrocs trompent toutes les banques. Pour 15 euros. »

— Ce site met au chômage tous les faussaires de France, non ?

— Si t'as pas besoin d'une pièce physique, oui.

— Donc pour ouvrir des comptes et blanchir de l'argent, c'est l'idéal.

— Voilà. Après, tu sais, même pas besoin de te casser le crâne. J'ai fait des tests chez des néobanques qui m'ont ouvert un compte alors que j'avais mis une tête de singe sur ma carte d'identité. Une autre fois, j'avais utilisé la tête de Marcel Patulacci, le personnage fictif du sketch des Inconnus. Et c'est passé. Parce que, quand c'est géré en Roumanie ou à Madagascar, qui va capter que je me moque d'eux ? Ils valident, valident, valident.

En 2024, la start-up Sensity IA, spécialisée dans la détection de *deepfakes*, a publié un rapport annuel de 42 pages particulièrement parlant.

La première page du document est effrayante.

Les experts disent avoir recensé 10 206 outils de génération d'images, 2 298 outils de remplacement de visages dans des vidéos, 1 018 outils de génération ou de clonage de voix et 47 outils expressément développés pour contourner les procédures de vérification d'identité en ligne (KYC).

Le document dévoile les résultats d'une étude terrifiante.

Les analystes de Sensity IA ont testé la résistance des dix fournisseurs de vérification d'identité les plus utilisés au monde face aux attaques de *deepfakes*. Conclusion : « Nous avons constaté que la grande majorité d'entre eux étaient gravement vulnérables. »

Les chercheurs dévoilent ainsi que 86 % des tentatives de fraudes qu'ils ont tentées avec des photos d'identité générées par intelligence artificielle ont réussi à esquiver la sécurité.

Jonathan voit de plus en plus de faux conseillers bancaires exploiter ces failles pour créer des comptes au nom de leur victime. « Ils leur disent : "On va vous donner un nouveau RIB, vous allez voir, il est à votre nom. C'est votre nouveau compte de sécurité." Bien sûr qu'elles sont en confiance en voyant leur nom ! Ensuite, elles se font un virement dessus et les escrocs récupèrent la mise. Et ça, c'est possible parce qu'une banque a validé la création du compte de l'arnaqueur juste avant. »

Jonathan continue son exposé ; je découvre d'innombrables nouvelles technologies utilisées par les arnaqueurs.

Générique de fin

Elles défilent et défilent encore sous mes yeux pendant de longues minutes.

Comme un générique de fin.

Conclusion

« Quelqu'un vient de tenter l'attaque de *phishing* la plus sophistiquée que j'aie jamais vue. Je suis abasourdi. »

Ces mots ont été écrits par Zach Latta sur son blog, en janvier 2025.

Zach Latta n'est pas n'importe qui : il est programmateur chez Google aux États-Unis. La cybersécurité, c'est son domaine. Et pourtant.

En début d'année, il a été victime d'une tentative d'arnaque dont il fait le récit, effrayant, témoin de l'évolution inarrêtable de l'escroquerie par téléphone.

L'histoire commence par un appel du 650-203-0000, le numéro officiel du service de sécurité de Google. Au bout du fil, une femme, accent américain, se présente comme Chloé, ingénieure chez Google Workspace (l'organe qui gère Gmail, Google Docs et Google Drive, notamment).

— Quelqu'un a récemment eu accès à votre compte depuis Francfort en Allemagne. Est-ce que c'était vous ?

— Non, lui répond-il.

— OK. J'ai temporairement bloqué l'accès à votre compte, en attendant que vous changiez de mot de passe.

Zach, est méfiant. Il sait que, malgré les technologies mises en place, il est encore facile, pour un escroc en 2025, d'usurper un numéro de téléphone.

— Pouvez-vous me confirmer votre identité en m'envoyant un e-mail avec votre adresse Google professionnelle s'il vous plaît ?

— Bien sûr. Tout de suite, lui répond Chloé.

Il reçoit, dans la foulée, un mail de workplace-noreply@google.com.

Il contrôle au sein de son entreprise : c'est bon, c'est bien l'adresse officielle.

Mais un détail l'interpelle.

Ce mail contient un lien sur lequel il est incité à cliquer et l'URL, « important.g.co », n'est pas crédible à ses yeux.

— Une URL terminant par « g.co » n'appartient pas à Google, madame.

— Si. Il s'agit d'un sous-réseau appartenant à Google.

Zach vérifie et, encore une fois, Chloé dit vrai.

Le numéro de téléphone, l'adresse mail, le lien : tout est officiel.

Il commence alors à lui faire confiance.

L'appel est interrompu par un autre coup de fil ; celui d'un dénommé Salomon, prétendu responsable de Chloé, qui lui donne des précisions sur les origines de la connexion à son compte depuis Francfort.

La fuite de ses données proviendrait d'une application de blocage de publicités que Zach utilisait.

Cet argument, crédible pour n'importe qui l'entendrait, fait l'effet inverse sur Zach : son instinct de programmateur Google refuse d'y croire.

Il décide alors d'entrer dans son jeu.

— OK, réinitialisons mon compte alors, dit Zach à Salomon.

— Je vais vous demander d'ouvrir Gmail sur votre téléphone. Laissez-moi vous montrer comment vous déconnecter de tous les autres appareils actifs avant de réinitialiser votre mot de passe afin que l'ordinateur de Francfort soit déconnecté.

« L'escroc m'a ensuite renvoyé un lien, raconte Zach. Je n'ai pas cliqué. J'ai su que c'était une escroquerie juste après : quand je lui ai demandé comment il faisait cette arnaque, il a raccroché. Si j'avais cliqué, je lui aurais vraiment donné accès à mon compte. Ce qui est fou, c'est que si je m'étais arrêté aux deux premières vérifications, à savoir vérifier le numéro de téléphone et vérifier l'adresse mail, je me serais fait avoir. Tout était bon. Quant au lien Google officiel, j'ignore comment ils ont réussi à le créer. Il suffisait littéralement d'appuyer sur un bouton pour être piraté. Et pourtant, je suis quelqu'un de techniquement averti. »

Cette histoire est un indicateur très inquiétant. Elle prouve que la fraude par téléphone est proche d'atteindre son but ultime : celui de berner l'ensemble de la population, des simples citoyens aux experts les plus qualifiés.

La juge d'instruction Marine Fontange confirme. « En six ans au pôle financier du tribunal de Paris, j'ai constaté une réelle évolution. Sur les premiers dossiers que j'ai traités, je me disais : OK, cette personne est victime mais c'est léger ; elle n'a pas été très futée, ça ne peut pas arriver à tout le monde. Mais dans les derniers dossiers, j'ai vu des processus tellement faits pour mettre en confiance, avec des éléments tellement précis, que je me suis dit : OK, désormais, tout le monde peut être victime. Tout le monde. »

C'est d'ailleurs parce qu'un expert comme Dominique Strauss-Kahn (rappelons-le, ancien ministre de l'Économie et des Finances et ancien patron du Fonds monétaire international) a été escroqué que la police judiciaire a découvert l'arnaque aux faux conseillers bancaires en 2021.

La quarantaine de policiers de la BFMP ont déployé des moyens uniques pour arrêter le premier groupe ; celui d'Emmanuel.

Leur enquête a mis en lumière une pratique qui ravagera les comptes bancaires des Français : depuis 2021, en France, cette arnaque a dépassé le million de victimes et le milliard d'euros volés.

Si ces montants augmentent d'année en année, c'est grâce à l'inventivité des fraudeurs et leur adaptation aux nouvelles technologies.

Vous souvenez-vous de cet épisode, au début de l'enquête, quand la police judiciaire a exceptionnellement obtenu la permission d'utiliser un IMSI-catcher pour traquer les lignes téléphoniques d'Emmanuel, Mohamed, Rayan et Ulysse en 2021 ?

Un an plus tard, les forces de l'ordre ont découvert que… les escrocs utilisaient aussi ce matériel.

Sur un coup de chance. Un simple contrôle routier.

Le 31 décembre 2022, les policiers arrêtent une voiture dans le 10e arrondissement de Paris. En ouvrant le coffre, ils tombent sur un boîtier qu'ils identifient tout de suite comme un IMSI-catcher. La jeune conductrice (Zoé M., 23 ans) est arrêtée et placée en garde à vue. Interrogée, elle reconnaît avoir été mandatée par un individu sur Snapchat qui la payait pour rouler à faible allure dans les rues de Paris.

Quelques semaines plus tard, en février 2023, nouvelle trouvaille. Les gendarmes arrêtent une ambulance. Un IMSI-catcher est posé à l'arrière, sur le brancard. Le conducteur (Salim B., 22 ans) avoue également avoir été recruté sur Snapchat pour rouler dans Paris contre 1 000 euros par mois.

Les enquêteurs remontent jusqu'aux commanditaires et découvrent l'ampleur des dégâts.

Pendant que les voitures roulaient, ces IMSI-catcher aspiraient toutes les données mobiles des passants sur les trottoirs dans un rayon de deux cents mètres. Ensuite, ils leur envoyaient des SMS frauduleux les incitant, par exemple, à mettre à jour leur carte vitale.

Près de 400 000 messages ont été envoyés sur 16 000 téléphones.

Derrière, ces SMS étaient suivis de coups de fil de faux conseillers bancaires disant, *vous venez de remplir un message frauduleux, il faut mettre fin à cette arnaque.* Les commanditaires ont été arrêtés.

Comment ces escrocs ont-ils réussi à se procurer ce matériel réservé à la police judiciaire, à la DGSE et la DGSI ? Très simplement. En l'achetant sur le Dark Web chinois. Son prix se situe entre 2 000 euros et 100 000 euros, selon la puissance du modèle.

Cette année-là, en 2023, la fraude par manipulation atteint le montant record de 379 millions d'euros.

Et ce n'est que le début.

Nous entrons dans un moment charnière de l'histoire de l'escroquerie.

Nous l'avons vu dans les derniers chapitres de cette enquête : les images et sons générés par intelligence artificielle bouleversent les codes de l'arnaque. Les services de vérification d'identité n'arrivent plus à distinguer la vraie image de la fausse. Les vidéos et les voix générées sont de plus en plus convaincantes. À ce propos, 83 % des Français craignent que les fraudeurs exploitent ces technologies pour des arnaques plus sophistiquées. Et ils ont raison.

Dans son rapport annuel 2024, l'Agence nationale de la sécurité des systèmes d'information (Anssi) prévient : « Les techniques d'intelligence artificielle, réservées à une criminalité organisée il y a quelques années, sont aujourd'hui à la portée du délinquant d'opportunité sans compétence ni budget importants. »

Une enquête récente (2024) du cabinet Deloitte estime que l'intelligence artificielle va multiplier par 3,25 le montant annuel des pertes liées aux arnaques d'ici quatre ans, passant de 12,3 à 40 milliards de dollars aux États-Unis entre 2023 et 2027. Si l'on rapporte cette estimation à la situation française, le montant annuel de la fraude aux moyens de paiement passera de 1,2 (stable depuis 2021) à 3,9 milliards de dollars en 2027. Directement piochés dans les comptes des Français.

Alors, que font les institutions pour protéger les citoyens ?

Cette enquête, documents à l'appui, a montré toutes les failles qui profitent aujourd'hui au bon développement des escrocs.

Les opérateurs, obligés depuis juillet 2023 d'agir pour mettre fin à l'usurpation des numéros de téléphone, ont rendu avec plus d'un an de retard le mécanisme d'authentification des numéros (MAN) qui… n'empêche toujours pas les escrocs d'appeler leurs victimes avec des numéros de banques ou de commissariats.

La fraude continue et il faut s'attendre à ce qu'elle atteigne prochainement de nouveaux records sur notre territoire.

Les arnaqueurs profitent, depuis fin 2024, d'une matière dont ils ne savent plus quoi faire : 146 millions de comptes ont été compromis à la suite de cyberattaques contre des grandes entreprises aux systèmes trop faillibles.

Pendant ce temps, les escrocs continuent de se vanter de réussir à corrompre de vrais conseillers bancaires, qui, contre de grosses sommes d'argent, leur fournissent des données clients sensibles. La police et les juges aimeraient intervenir, mais ils se heurtent à un manque criant de coopération de la part des banques qui privilégient leur réputation au détriment de l'identification de l'origine des fuites.

Face à ce chaos, que peut-on faire à notre échelle ?

Les arnaqueurs d'aujourd'hui sont des caméléons numériques. La bonne nouvelle, c'est qu'aussi bien dissimulé soit le caméléon sur sa branche, on le détecte à des détails en observant attentivement le feuillage.

Maintenant que vous mesurez concrètement la puissance de l'arsenal des escrocs et des ravages qui vont frapper la société – vos enfants, vos parents, vos collègues, vos amis –, n'attendez pas que le système (opérateurs, banques, État) vous protège.

Le meilleur défenseur, c'est vous. Profitez, tant qu'il est encore temps, de la possibilité de vous rendre au guichet de votre banque. Car d'ici 2027, 20 % des agences devraient disparaître. Dans dix ans, toutes les manipulations bancaires se feront en ligne et par téléphone. Le champ d'action des escrocs que nous avons évoqués tout au long de cette enquête sera plus large que jamais. Alors, ne vous fiez plus jamais à votre première impression. C'est difficile, mais ne croyez plus ce que vous voyez. Vérifiez toujours, tout, tout le temps. Raccrochez au moindre doute. Informez-vous et informez votre entourage.

Se croire à l'abri, c'est se mettre en danger.

Accepter la menace, c'est déjà la contrer.

Épilogue

5 janvier 2024

Une semaine après avoir perdu tout mon argent, je ne fais que ressasser. Je ne dors plus, je suis malade, dans le brouillard.

Je veux prendre rendez-vous avec mon médecin traitant sur Doctolib. Manque de bol, elle ne reçoit plus que les nourrissons ou les femmes qui désirent se faire poser un stérilet. Je suis obligé d'aller chez une autre, que je ne connais pas, dans le 13e arrondissement. Je lui explique toute l'histoire de l'escroquerie et ses conséquences sur mon état ces derniers jours.

— Vous avez porté plainte ?

— Dans la soirée, oui.

— Vous pouvez travailler ?

— J'ai dormi neuf heures en quatre nuits.

Elle fait craquer ses longs doigts.

— Syndrome post-traumatique classique. Bon, j'avoue que, vu votre état et pour votre dossier, je pourrais vous faire un certificat d'interdiction totale de travailler (ITT). Mais, je ne le ferai pas.

— OK, mais pour quelle raison ?

Petite moue.

— Qui me dit que vous n'êtes pas de mèche avec eux ? Que vous ne faites pas ça pour toucher de l'argent que vous n'avez pas perdu ?

— Parce que j'en ai l'air ?

— On ne peut jamais savoir, alors, dans le doute…

Le lendemain, je reviens au commissariat pour ajouter un élément à ma plainte.

En partant, je demande à la policière si elle aurait un conseil pour éviter les pièges de ces escrocs.

« Je n'en ai qu'un seul. Devenez parano. »

Remerciements

Merci à vous, chères lectrices, chers lecteurs, d'être arrivés jusque-là.

Au-delà de sa mission première qu'est l'information et de l'adrénaline qu'elle génère, l'enquête est un privilège par les rencontres qu'elle engendre, provoque et impose.

Merci Fred. Merci Suzie. Merci Oscar. Merci à toute la BFMP. J'ai vu le Bastion briller sous le soleil du printemps, suffoquer en été et se camoufler sous les flocons en hiver. Merci à vous de m'avoir ouvert les portes de ce monde si humain, si éprouvant, si exigeant. Vos témoignages, dans la limite de ce que vous pouviez partager, ont permis à cette enquête de prendre une première direction. La bonne.

Ce que vous ne pouviez pas me dire m'a été raconté par plus de 150 sources. La plupart ont requis l'anonymat.

Merci à Marine Fontange, juge d'instruction de l'affaire DSK, pour son temps, sa compréhension et son sens du détail.

Merci à Guillaume Daieff, président de la 13e chambre correctionnelle du tribunal de Paris.

Merci au juge Dhitili et aux cinq autres magistrats anonymes pour ces longs rendez-vous. Je sais qu'ils se reconnaîtront.

Merci à la trentaine d'avocats qui ont pris le temps de me répondre et de me rencontrer.

Merci à celui qui m'a apporté cette fameuse clé USB.

Merci à Daniel et à tous les lanceurs d'alerte sur la gestion des escrocs par les banques.

Merci à Frédéric Guyonnet pour sa franchise sur le sujet.

Merci à Lou, porte-parole (malgré elle) dans ce livre du million de victimes françaises. J'espère que la relation avec vos parents est bonne aujourd'hui.

Merci à Jonathan Spedale, Fily Kanté et Centho pour vos informations et votre sens de la traduction. Vous m'avez rendu simples des concepts compliqués. Ce fut un vrai gain de temps.

Merci à tous les experts des systèmes bancaires et des télécoms que j'ai sollicités des dizaines et des dizaines de fois. À l'heure où la banque suisse UBS est jugée pour harcèlement moral contre deux lanceurs d'alertes français, dénoncer les pratiques d'institutions puissantes avec lesquelles vous travaillez encore parfois demande un grand courage, j'en suis conscient. Merci pour vos appels, vos remarques, votre indulgence et votre sens de l'intérêt public.

Merci à Sophie de Closets et à Flammarion. Je mesure pleinement le luxe d'être publié dans une si grande maison d'édition, qui défend avec tant de ferveur l'enquête en 2025. Quel honneur.

Ce livre est, bien entendu, le fruit d'un travail collectif.

Un immense merci à Bertrand Pirel, éditeur, entraîneur, manager, chef d'orchestre et ami.

Bertrand était déjà l'éditeur de mon premier livre, *Faute !*, publié en 2022. Ce livre était une série d'enquêtes sur le monde de l'arbitrage dans le sport, entre pressions, enjeux géopolitiques et complots avérés.

En 2023, j'ai entamé une nouvelle enquête sur de sombres réseaux internationaux. Bertrand avait accepté de soutenir ce projet.

Et puis, cette arnaque m'est tombée dessus. Quelques jours après avoir perdu mon argent, début 2024, j'ai téléphoné à Bertrand pour lui annoncer que j'allais mettre en pause mon projet initial pour me consacrer à cette nouvelle enquête sur les faux conseillers bancaires.

Il a tout de suite validé ce soudain changement de direction. Pendant toute la partie de l'écriture, Bertrand avait en tête une obsession fondamentale : que tous les documents que j'avais obtenus soient entièrement exploités. Merci encore pour ton professionnalisme et ta confiance.

Merci à toute la cellule enquête de Flammarion. À Gérard Davet et à Fabrice Lhomme, deux modèles d'enquêteurs, rencontrés il y a bientôt dix ans sur les bords de la Garonne. Leurs conseils et leurs principes ont adouci mes craintes et recentré mes recherches.

Merci à Victor Castanet qui, en une soirée, m'a orienté sans peut-être même s'en rendre compte, tant l'investigation lui coule dans les veines.

Merci à Sandie Rigolt pour sa gentillesse, son calme et ses ambitions.

Merci à Carole Saudejaud pour son enthousiasme contagieux et ses beaux projets.

Merci à Sophie de Lombarès pour sa relecture et ses suggestions très justes.

Merci à Thomas Sénécal, Éric Bayle et Delphine Skirka pour leur soutien pendant cette année particulière.

Je tiens à faire un clin d'œil à Fany Junius-Bourdain, auteure de la thèse *Caméléons : biologie, élevage et principales affectations* (2006, 189 pages), d'où j'ai tiré les principales informations sur les caméléons pour élaborer le parallèle avec les escrocs dans ce livre.

Enfin, je souhaite saluer le travail remarquable de certains confrères sur le sujet des arnaques en ligne et par téléphone : les articles de la cellule *Pixels* du journal *Le Monde*, les enquêtes d'Emmanuel Fansten et Gurvan

Kristanadjaja dans *Libération* et de Julien Constant dans *Le Parisien*, l'excellent numéro d'*Envoyé spécial* de Julien Duponchel sur France 2, ainsi que les contenus aussi instructifs que divertissants des vidéastes Micode, Qin Hui ou Sandoz sur YouTube.

À ma famille, à mes proches : merci pour votre présence. Vous savez déjà.

Cette enquête en appelle d'autres dans les semaines, les mois et les années à venir. Si vous souhaitez me transmettre une information, des documents ou simplement échanger, contactez-moi à cette adresse : thibaut.md@proton.me

Table

Partie I
Les escrocs

Partie II
Les enquêteurs

Partie III
La saignée

Partie IV
La submersion

Partie V
Les failles

Cet ouvrage a été mis en pages par

<pixellence>

CET OUVRAGE
A ÉTÉ ACHEVÉ D'IMPRIMER
PAR L'IMPRIMERIE NORMANDIE ROTO IMPRESSION S.A.S.
À LONRAI EN JUIN 2025

*Les Éditions Flammarion sont investies dans une démarche active
pour l'empreinte environnementale de leurs parutions.
Ainsi, le livre que vous tenez entre vos mains a été imprimé en France
sur des papiers issus de forêts gérées durablement,
par un imprimeur engagé dans la protection de l'environnement.*

N° d'édition : 673930-2. N° d'impression : 2502747
Dépôt légal : mai 2025
Imprimé en France